SIGN OF LOVE
#2 GÉMEAUX

Emma Mars

Sign of Love
#2 Gémeaux

ATOUT COEUR

french pulp éditions

49, rue du Moulin-de-la-Pointe 75013 Paris
Tél. : 09.86.09.73.80
Contact : carpentier@frenchpulpeditions.fr
www.frenchpulpeditions.fr

ISBN : 979-10-251-0464-4
Dépôt légal : février 2019

Couverture : © French Pulp éditions Maquette
intérieure : © Nord Compo

1

L'expression « j'ai les cheveux qui tirent » n'a jamais eu autant de sens qu'aujourd'hui. Je ne sais pas si seules les coupes de champagne avalées pendant le vol permettent d'expliquer cette impression. Certes, j'aurais pu m'abstenir de vider l'équivalent d'une bouteille. Mais comme je ne suis pas certaine qu'Henri me garde comme stagiaire après ma prestation plutôt… originale, à Caracas, ces quelques bulles auront eu au choix soit un goût de célébration, soit un air de « j'ai noyé mon chagrin dans l'alcool ».

Néanmoins, j'ai bon espoir que le reportage sur Carlos, le dangereux trafiquant vénézuélien, suffise à le mettre dans les meilleures dispositions à mon égard. Je vais rester discrète sur les liens que j'ai pu nouer avec Rodrigo, le *latin lover* des griffes duquel je me suis échappée in extremis.

Je tente de sortir du lit, mais dès le premier pied posé au sol, je m'aperçois que la terre vacille. Il est clair que tout ce stress et cette fatigue accumulés ont leur part dans l'état dans lequel je me trouve. Il serait sans doute plus judicieux de se recoucher. Puis d'attendre quelques heures avant d'aller voir si Paris ne s'est pas arrêté de tourner sans moi.

C'est le moment que choisit mon téléphone pour se mettre à sonner. Un réflexe malheureux me fait décrocher, alors que le nom de celui qui m'appelle aurait dû m'inciter à me blottir bien plus loin sous ma couette. Henri Larcener.

– Anna ! Tu peux me dire pourquoi tu n'es pas encore à la rédaction ?

Je lui aurais bien fait l'inventaire de toutes les bonnes et mauvaises raisons justifiant mon absence. Rien que le fait d'être samedi et de rentrer d'un reportage assez périlleux. Mais il enchaîne sur quelque chose qui relève plus du rugissement que de l'invitation :

– Et ne me sors pas que ta première mission et le décalage horaire t'ont épuisée. Sinon, je peux me charger de prévenir Robert que tu n'as pas envie de revenir.

Il me semble avoir eu le temps de marmonner que j'arrivais, avant qu'il ne me raccroche au nez. Cet homme me ferait presque regretter ces quelques heures de captivité chez Rodrigo.

C'est la boule au ventre que je fais mon entrée dans les bureaux de *Flash*. Je ne sais littéralement pas sur quel pied danser. J'ai pourtant eu l'impression qu'Henri était inquiet pour moi, quand je l'ai appelé pour rentrer précipitamment de Caracas. Certes, je ne lui ai pas dit toute la vérité sur mon enlèvement. Inutile de lui raconter par le menu mes ébats plus que sulfureux avec mon amant latino. Je ne suis pas certaine qu'il apprécie que je tente d'associer plaisir et travail. Surtout vu le résultat obtenu... Je pensais retrouver un Henri un peu mieux disposé à mon égard. Mais le ton de sa voix au téléphone n'augurait rien de bon pour moi.

– Anna, assieds-toi, on doit parler sérieusement, tous les deux. Je vais peut-être te sembler cash, mais c'est sans doute pour ça que je suis à ce poste aujourd'hui.

–... !

– Il n'y a aucune place pour l'amateurisme dans notre agence. Et que tu sois stagiaire n'excuse rien.

À ce moment précis, j'ai envie de m'enfoncer la tête dans le sol. S'entendre traiter ainsi n'est pas la manière idéale pour entamer une journée de travail. J'aimerais avoir quelque chose à rétorquer, mais je ne peux me permettre d'ajouter la mauvaise foi à la longue liste qu'il est sans doute sur le point de me balancer. Et avoir 20 ans ne va pas me donner beaucoup plus de crédit dans cette histoire. Je titille mon lobe d'oreille droite pour me réconforter – je ne sais pas pourquoi ce petit geste me fait autant de bien. Mais cette fois, je constate que cela n'a aucun effet positif sur moi. Je suis tellement stressée que je pourrais le distendre sans parvenir à réellement m'apaiser.

– Si on fait le bilan de ton voyage à Caracas, on peut retenir que tu as ramené quelques photos potables, d'accord. Mais également qu'il a fallu te rapatrier en urgence pour éviter que tu ne deviennes un otage sexuel...

Je ne peux pas le laisser me parler comme ça. Je ravale ma peur, prête à l'affronter.

– Tu y vas un peu fort... Je suis navrée que mes photos ne soient pas à la hauteur de tes attentes. Mais je suis stagiaire. Tu ne peux pas exiger de moi de fournir un aussi bon reportage qu'un photographe aguerri. Au pied levé, en plus. Quant à ma vie privée, désolée, mais elle ne regarde que moi...

– Écoute, Anna, ne me prends pas pour le dernier des imbéciles. On ne t'envoie pas à l'autre bout du monde pour faire du tourisme sexuel, ironise-t-il. Mais bien pour nous ramener un travail digne de ce nom. Et si moi, je suis bien conscient du fait que tu débutes... J'espère que l'amitié entre ton père et Robert ne te fait pas perdre tout ça de vue.

Touché. Il me renvoie à mon statut de « pistonnée ». Que répondre ?

Henri est un homme impressionnant. Il s'exprime avec beaucoup d'aisance. Il est responsable de la photographie au journal depuis des années et n'est pas du genre à s'en laisser conter. Je ne peux m'empêcher d'imaginer à quoi peut ressembler le tatouage qu'il a sur le biceps. Son tee-shirt, qui met en valeur des muscles secs et harmonieux, m'en cache une partie. Ce tattoo japonisant... que peut-il bien représenter ? Ce truc m'intrigue depuis le début, il faudra bien que j'arrive à le voir en entier, un jour... En attendant, son goût pour l'Orient ne semble pas nous rapprocher.

– Anna, tu m'écoutes, au moins ? Si j'étais de ton « bord », je jurerais que tu me reluques comme ton futur « casse-croûte » !

– Euh, excuse-moi, c'est ton tatouage, en fait qui...

Mais Henri ne fait pas cas de ma remarque et repart dans sa litanie de reproches. Je commence à le haïr de me traîner ainsi dans la boue. OK, j'ai fait des conneries. OK, je ne suis qu'une stagiaire minable qui ne doit (peut-être) sa place qu'aux contacts bien placés de son papa. Mais merde... on peut quand même me traiter comme une personne ? Et puis, ce genre de statut sous-entend bien qu'on a encore besoin d'être formé, non ? Surtout vu le salaire qu'on nous file. *Calme-toi, Anna, calme-toi. Tu ne vas rien retirer de positif si tu le prends de front.*

– D'accord, j'admets que j'ai sans doute manqué d'un peu de professionnalisme et de discernement. Je ne vais pas me cacher derrière le fait d'avoir tout juste 20 ans... mais j'ai envie d'apprendre, vraiment. Et je te remercie de me traiter comme n'importe quel stagiaire, sans passe-droit parce que mon père et Robert sont amis.

Je pensais qu'Henri ne me laisserait pas parler. Je suis assez surprise car non seulement il ne me coupe pas la parole, mais je pourrais presque affirmer qu'un léger sourire relève le coin gauche de ses lèvres.

Vite, poursuivre avant que l'instant de grâce ne s'échappe...

– Je vais m'accrocher, tu sais. Bosser deux fois plus. Donne-moi juste un autre sujet, et je te prouverai mon sérieux. C'est le métier que je veux exercer. Et, crois-le ou non, mais je suis certaine d'avoir un peu de talent.

Il ne dit toujours rien et je me demande si je n'en ai pas trop fait. À quel moment cela va-t-il encore se retourner contre moi ? Tordu comme il est, il doit préparer la réponse qui me sera fatale. Je vais pouvoir me vanter d'avoir connu une des périodes de stage les plus courtes de la profession. C'est alors que je ne m'y attends plus qu'il brise son silence. Par un énorme éclat de rire ! Non content de m'avoir sermonnée, il se paye ma tête à présent !

– Anna, Anna ! Évidemment que je te laisse une seconde chance... Mais si tu ne t'en saisis pas, je ne t'en donnerai pas une troisième, sache-le.

Il fouille dans ses papiers et en sort un dossier qu'il me tend. Mon culot serait-il récompensé, une fois de plus ?

– Voilà, lundi, c'est le début de la Fashion Week. Il me manque un photographe pour couvrir le sujet. En théorie, personne ne devrait chercher à te kidnapper. Et au pire, ça nous coûtera moins cher de te rapatrier de l'autre bout de Paris.

Je commence sérieusement à croire que cet incident va me poursuivre jusqu'au bout de ma vie, le genre de blague récurrente qui vient à l'esprit juste après mon nom. « Anna ? Mais oui, tu sais, celle qui se fait enlever à chaque reportage. »

– Anna, lâche ton oreille et écoute-moi, s'il te plaît. La mode est un milieu très fermé, je ne peux donc pas t'y propulser n'importe comment. Dans le dossier que je te confie, tu vas pouvoir trouver plein d'informations essentielles sur le déroulement de cet événement. Je t'ai agrafé aussi la carte de Louis Mallet. Je ne sais pas si tu le connais...

Si, je sais bien qui il est... J'ai entendu parler du bel assistant de Nina Knox, la grande rédactrice du magazine *Bad Girl*. Le très bel assistant, même...

– En temps normal, on ne bosse pas trop avec des gens de la concurrence, mais Nina me doit un petit service. Louis est au courant, il attend ton appel. Je compte sur toi pour ne pas faire de boulettes. J'ai mis des années à construire de bonnes relations avec Nina.

S'il entend par là « Anna, évite de coucher avec Louis », il est évident que nous ne risquons pas grand-chose. Cet homme entouré de femmes, évoluant dans ce milieu comme un poisson dans l'eau, est forcément gay. Oui, je sais, c'est moche de tomber dans ce genre de stéréotypes. Mais je suis un vrai radar pour ces choses-là. Je les sens à des kilomètres. Je remercie intérieurement ma chance. Même si cela ne me fera pas avancer dans ma quête personnelle... Où te caches-tu, mon *Zodiac Boy* ?

2

Je ne suis pas mécontente de rentrer chez moi et de me blottir sur mon canapé, dans un plaid douillet. Il ne fait pas spécialement froid, mais entre la fatigue et la volée de bois vert que je viens de recevoir, j'ai l'impression d'être littéralement glacée. Et d'avoir besoin de réconfort. Alors à défaut de bras d'homme, de préférence musclés, la chaleur synthétique de ma couverture préférée me suffira. Rose et duveteuse à souhait. Il ne faudrait pas me pousser beaucoup pour que je me couche avec les poules.

Non, ma petite Anna, évite de t'endormir. Sinon, à toi l'insomnie de milieu de nuit, accompagnée de belles angoisses... J'ai beau tenter de tenir à distance tout ce qui m'est arrivé, faire comme si cet épisode ne m'avait pas atteinte, les images de Caracas reviennent en boucle. Pas les photos que j'ai prises... Plutôt celle de Rodrigo... de nos étreintes, je dois le reconnaître, mais surtout de tout ce qui a suivi. J'ai l'impression que ma tête va exploser. J'oscille encore entre cette peur immense qui m'a tordu le ventre et l'incompréhension qui martèle son refrain. Pourquoi un truc pareil m'est-il arrivé ? Qu'ai-je fait pour mériter cela ? Et pourquoi une part de moi persiste-t-elle à frissonner au souvenir de nos ébats ?

Il est évident que je ne peux pas rester seule à ressasser cette histoire. Je vais appeler Sarah et Jérémy ! Voilà un trait de génie ! Rien de tel qu'un moment avec ses meilleurs amis pour affronter les passages à vide. Non... inviter Jérémy ce soir n'est peut-être pas une bonne idée. Je ne sais pas lequel de nous deux serait le plus mal à l'aise d'entendre les détails de ma liaison avec Rodrigo... Je vais me contenter de convier Sarah. En espérant qu'elle soit disponible un samedi soir...

Anna : Pas emballée à l'idée d'une soirée toute seule. Tu viens m'empêcher de broyer du noir ?

Sarah : Évidemment ! On va refaire le monde et boire... Tellement que tu n'auras aucune peine à t'endormir ensuite. Je t'amène quoi ?

Anna : Juste toi. Je vais faire un saut chez un épicier et nous dégoter de vilaines choses à grignoter.

Sarah : Vraiment, tu m'invites sans me demander de cuisiner un truc ? Le pied ! À tout à l'heure.

Quand Sarah se pointe avec son petit quart d'heure de non-retard habituel, j'ai préparé une jolie table avec de quoi tenir un véritable siège. Mon amie me serre aussitôt dans ses bras. Nous n'avons pas besoin de mots pour nous comprendre. Son étreinte me réconforte instantanément.

– Alors où est Jérémy ? Ne me dis pas que je suis arrivée avant lui.

– Je ne l'ai pas invité, en fait. Je voulais te parler de Rodrigo, sans oreilles masculines à proximité. Jérémy est tellement secret sur sa vie privée que je ne sais jamais trop ce qu'il pense de nos histoires. Et franchement, cette fois, je me sens perdue...

Je prends sa veste et son sac, que j'accroche à une patère dans l'entrée, puis la laisse se déchausser. On s'assied dans mon canapé et elle prend aussitôt mes mains dans les siennes.

– Anna, tu vas devoir tout me raconter. Sans cinoche... parce que tu vas essayer de minimiser ton ressenti. Faire comme si tout allait bien.

Elle me connaît sur le bout des doigts... Ce n'est jamais facile pour moi d'exprimer mes sentiments en public. Sans doute une retenue que je tiens de ma mère, de son éducation. Ou d'une certaine pudeur que l'on attribue aux Asiatiques. Sarah est l'exemple type de personne qui, même si elle a un avis, ne juge pas. Encore moins sa meilleure amie.

– J'ai cru que tout irait bien avec lui. Alors oui, j'ai tout de suite perçu son côté volcanique. Mais j'ai pensé que pour vivre une romance torride, ce serait le pied. Quand j'observe tous ces couples qui semblent usés par le quotidien... Moi je veux de la passion dans ma vie. Le cœur qui bat la chamade, mon corps qui vibre quand mon mec m'approche... Tu vois ?

Sarah m'écoute attentivement, elle ne me coupe pas la parole. Consciente que la moindre intervention de sa part pourrait mettre un terme à mon épanchement. Elle se contente de me servir du vin, histoire de continuer à me délier la langue. Et ça fonctionne plutôt bien.

– Putain, le sexe avec lui, c'était l'extase. Intense, passionné... brutal... non, fougueux plutôt. J'ai pensé que le Taureau était le signe de l'amant parfait. Il avait l'air tellement protecteur. Et je me sentais larguée, avec ces secrets familiaux qui venaient de me tomber dessus.

– Anna, ne te justifie pas. T'as eu besoin de réconfort, c'est normal. Alors d'accord ce n'était pas avec le bon gars. Mais souvent, il faut essayer pour comprendre qu'on se trompe.

Elle se rapproche de moi et me prend dans ses bras. Cela me fait le plus grand bien et je laisse une larme m'échapper.

– J'aimerais tellement savoir où il se cache, mon mec parfait... Et si je ne le trouvais pas ?

– Anna, merde, tu viens d'avoir 20 ans ! Moi, j'espère bien que ça n'arrivera pas trop vite. T'as encore largement le temps de t'amuser avant. Hors de question que je sois la seule à avoir des histoires croustillantes à raconter.

Je passe des larmes au rire en quelques secondes, c'est ça l'effet Sarah.

– Tu as raison, mais tu me connais. Le sexe, sans l'amour, c'est pas ma tasse de thé. Rodrigo, je ne sais pas... je me suis très vite attachée à lui. Sans doute sa façon très possessive de me regarder. Avec le recul, ça me fait flipper, forcément. Mais sur le moment, j'avais l'impression d'être tout pour lui. Je me sentais tellement belle, tellement importante à ses yeux.

Mon amie m'observe, je sens qu'elle pèse ses mots. Je lui en suis d'autant plus reconnaissante que je connais son tempérament, sa manie de parler pour mieux réfléchir ensuite.

– Je comprends. Mais le risque, ma Nounouille, c'est justement d'être trop dépendante du regard de l'autre. Si tu ne fais pas gaffe, ce n'est pas tant ton mec que tu aimes, mais ce qu'il te renvoie de toi-même.

Une sorte de narcissisme en somme. Cette réflexion est brillante. Alors pourquoi ma chair frémit-elle encore dès que l'idée de nos étreintes me traverse ? Je n'ai pas besoin de prononcer ces paroles pour que Sarah, encore une fois, trouve les mots justes.

– On n'est pas que des esprits, Anna, on est également des corps. Et l'attirance, ça ne s'explique pas.

– Oui, mais ce mec est carrément cinglé. Il m'a séquestrée, bordel ! Et moi, je dois être aussi dingue que lui... Pour frissonner à la simple pensée de sa peau sur la mienne.

– Je ne crois pas que tu le sois. Finalement, c'est *après* qu'il a montré son vrai visage. Quand vous avez fait l'amour, c'était encore parfaitement idyllique entre vous.

– Oui, mais...

– Il n'y a pas de « mais ». Pour l'instant, tout ça s'emmêle dans ta tête et dans ton cœur. Mais vu l'expérience que tu as vécue, ce n'est pas étonnant que tu aies besoin de temps pour que tout s'aligne de nouveau. C'est juste ta manière à toi d'encaisser le coup.

Là encore, elle tape en plein dans le mille. Pourquoi vouloir poser des mots sur tout ? Sans doute parce qu'une part de moi se sent coupable d'avoir cédé aux avances de cet homme, de m'être abandonnée à lui alors que je ne le connaissais qu'à peine. Qui sait, certains pensent peut-être même que je l'ai bien cherché, que je n'ai eu que ce que je méritais...

– Ouais, enfin sans vouloir faire un jeu de mots minable, je me suis bien faite bais...

– Anna ! s'écrie Sarah, feignant d'être choquée.

– Ben quoi ? Ne me dis pas, vu le contexte, que je ne passe pas pour une fille facile ?

Je retiens ce mot en S qui me brûle pourtant les lèvres.

Sarah me coupe la parole. Je la sens soudain excédée.

– T'es pas sérieuse ?! crie-t-elle presque. Tu ne penses pas vraiment ce que tu dis, là ? Donc, si je suis ton raisonnement, une femme qui aurait envie de coucher avec un mec qui lui plaît mériterait de se faire séquestrer ? Je sais bien qu'on vit dans un monde où porter un string est pris pour un appel au viol... mais je ne peux pas imaginer que toi tu cautionnes ça !

Sarah, c'est la fille libre, dans tous les sens du terme. Parfois, j'aimerais avoir la même assurance qu'elle. Être en mesure de dire tout haut ce que je ressens. Ne pas me sentir coincée dans l'image que je pense devoir donner de moi. Certes, notre vision de l'amour et des relations avec les hommes diffère. Et je n'envie pas sa capacité à changer d'amant aussi souvent qu'elle le souhaite. C'est la force avec laquelle elle affirme ses choix, et vit la vie amoureuse qui est bonne pour elle, qui m'épate. Elle semble se moquer du regard des autres. Et je trouve que ça force le respect, à commencer par le mien.

– Anna, on a 20 ans, on est jeunes, belles...

Enfin, elle surtout. Elle est bien plus pulpeuse que moi. Ses yeux clairs et ses taches de rousseur font d'elle une fille qu'on n'oublie pas. Alors que moi...

– Dans quelques années, on se plaindra de la loi de la gravité. Mais aujourd'hui, le monde est à nos pieds !

– Sarah, si je ne te connaissais pas aussi bien, je jurerais que tu es bourrée !

En tout cas, cette soirée m'a redonné le moral. Certes, je suis encore confuse sur les sentiments que j'éprouve, mais je ne suis pas complètement folle. Ma meilleure amie le confirme. Alors, pour une fois, je vais considérer qu'elle a raison et me persuader que tout va doucement rentrer dans l'ordre.

– Arrête, Nanna ! Tu es *Zodiac Girl*, tu as oublié ? Le Taureau est trop impétueux pour toi. OK, maintenant, on le sait. Un de moins sur la liste. Au pire, il te faudra te tromper encore une dizaine de fois avant de trouver ta moitié.

– Oh l'angoisse... Et si le bon s'avérait être le dernier. Ce serait la vraie tuile.

Sarah éclate de rire.

– Ou l'inverse. Ce serait une sacrée chance... Imagine qu'ensuite tu prennes perpète avec le même. Moi, je pense que je pourrais me refaire un deuxième tour complet du zodiaque avant d'être certaine.

– Ah ouais, carrément ! m'exclamé-je.

– Et puis, j'espère bien que tes péripéties vont nous permettre des heures de débrief sur ton canapé. En un mot, ma chérie : c'est reparti !

J'ai évité de lui parler de Louis Mallet. Elle aurait été capable de trouver une bonne raison pour le mettre sur la liste des hommes à essayer. Entre le fait que c'est une relation professionnelle – j'ai intérêt à me calmer sur ce chapitre si je ne veux pas réveiller ce dragon d'Henri – et qu'il me manque certains attributs pour être dans la course, cette option est déjà toute classée. Mais rien n'arrête Sarah quand elle a une idée en tête. Alors autant ne pas lui en fourrer davantage. Et puis, avec un peu de chance, demain, elle aura retrouvé sa sobriété et perdu toute envie de me coller dans les bras du prochain non-Taureau disponible.

Une fois Sarah partie, je me décide à envoyer un SMS à Louis. Vu l'heure tardive, ça m'étonnerait qu'il me réponde. Au pire, je prétexterai les effets persistants du décalage horaire. Je récupère mon téléphone tout au fond de mon sac. Voilà pourquoi je ne l'ai pas entendu de la soirée. Il est déchargé. Je le branche, attends quelques instants qu'il se remette en route. Les notifications s'emballent, des petits bips de toutes sortes retentissent les uns après les autres. Je vais finir par croire que le monde me réclame. Au milieu des SMS, il y en a un d'un numéro inconnu.

Je sais qu'il est assez mal vu aujourd'hui qu'un homme fasse le premier pas, mais il paraît que notre relation ne sera que purement professionnelle... Bonsoir Anna, je suis Louis Mallet. N'hésite pas à me faire signe afin que l'on puisse boire un café lundi. Il faut que je te briefe avant de te jeter dans la fosse aux lions.

Un message parfaitement rédigé, sans aucune faute de français. Avec même une petite pointe d'humour. Ce Louis semble cumuler un bon nombre de qualités. Son mec doit avoir de la chance. Je lui écris à mon tour, le plus sobrement possible. Sa réponse ne se fait pas attendre. Quant au commentaire qui accompagne les infos sur le lieu et l'heure... Comment dire : il ne s'en fait pas, le gars !

Sois aussi fraîche que la rosée. J'aime m'afficher au bras de jolies femmes.

Par chance, il me reste demain pour me reposer et retrouver figure humaine.

3

Il est encore plus beau en chair et en os qu'en photo ! Il est grand et même s'il n'a pas le physique d'un sportif de haut niveau, il a des épaules que je qualifierais de rassurantes. Une barbe de trois jours fait ressortir ses joues saillantes. Ses cheveux bouclés et ses yeux verts me font littéralement craquer.

Il est déjà là, négligemment assis au café où nous avons rendez-vous, pianotant sur son smartphone. Je ne suis pourtant pas en retard. J'espérais pouvoir me rincer l'œil en le voyant arriver : c'est important la démarche d'un homme. Je trouve que ça en dit long sur lui et sur sa manière d'envisager la vie. Tant pis. Il lève la tête et me sourit, ce qui rajoute encore à son charme. Je pourrais fondre sur place. Il a des dents magnifiques et parfaitement alignées. Cet homme est bien trop parfait pour exister. Aucun doute, un mec si canon est forcément perdu à jamais pour les femmes. Il ne va me rester que mes yeux pour pleurer...

– Anna, pardon mais je ne t'ai pas attendue. J'ai besoin de ma dose de caféine afin de pouvoir émerger.

J'en déduis que lui aussi a dû faire une recherche sur mon apparence. Car il n'a même pas eu une seconde d'arrêt avant de prononcer mon prénom.

– Je suis désolée, je ne pensais pas être en retard, esquissé-je en guise d'excuse.

– Ah mais tu ne l'es pas. J'ai juste pris de l'avance. Je n'arrivais pas à dormir et j'avais besoin d'un café hyper serré. Mais je t'ai quand même attendue pour le petit déjeuner.

Avant que je ne puisse objecter quoi que ce soit, il enchaîne, comme s'il savait déjà ce que j'allais dire :

– Et ne me dis pas que tu n'as pas faim ou que tu n'avales rien le matin. Même les brindilles telles que toi ont besoin de manger.

Je ne sais pas trop comment prendre cette réflexion, ni la trop grande familiarité dont il fait déjà preuve. De toute façon, il ne m'en laisse pas le temps, emporté par ce qui ressemble à un monologue.

– Les quelques jours qu'on va passer ensemble vont être intenses. Alors je préfère que tu prennes un bon shoot de sucre plutôt que de te voir t'écrouler en cours de journée. Et ne me parle pas de ta ligne parce que...

– Et sinon, parfois, tu laisses les gens parler ? le coupé-je. Parce que ça peut être sympa, tu sais ? Surtout si tu veux respirer.

– Pardon, je crois que je suis juste hypra excité.

–... ?

Excité ?

–... Par ces quelques jours dans le temple de la beauté et de la mode, bien sûr.

Mon radar à gay recommence à sonner. Mais mon interlocuteur ne semble pas s'en apercevoir et continue son babillage :

– En plus, je te récupère. Si c'est pas une chance, ça ! On m'avait dit qu'on me refourguait une débutante. Moi je croyais que j'allais faire ma BA. Mais dans le genre, tu es plutôt un cadeau du ciel.

Quel flatteur !

Je vais me contenter d'accepter le compliment, et ne pas tenter de savoir en quels termes on a bien pu lui parler de moi. Garder le cap, faire des photos et remonter dans l'estime d'Henri. Rien d'autre ne compte.

Louis se montre très attentif, très prévenant. Il prend le temps de me détailler tout le fonctionnement de la Fashion Week : les endroits auxquels on a accès, les gens à connaître, les faux pas à éviter. En gros, aujourd'hui, je vais le suivre comme son ombre, et tenter de faire un maximum de photos. J'aurai ensuite le champ libre les autres jours. Je dois reconnaître que ça me va plutôt bien, car j'ignore à peu près tout du milieu de la mode. En tout cas, pas sur le terrain. Et si je me rate… adieu le stage… retour à l'envoyeur. Je n'imagine même pas devoir solliciter mon père pour un nouveau piston.

– Merci de me prendre sous ton aile, alors !

– Je t'en prie.

– Je saurai me faire discrète et m'envoler très vite. Je suis plutôt autonome comme nana.

– Super, tu vas voir c'est un événement génial ! J'adore ce milieu. Plus *glam*, tu meurs.

Perso, ce n'est pas ce qui me fait le plus rêver dans la photo. Je préfère les sujets plus sociétaux, montrer ce qui brille dans l'ombre. À l'image de ce que j'avais défendu dans mon projet de fin d'études aux Gobelins. Et là, c'est parti au contraire pour plusieurs jours dans le temple de la superficialité. Mais soit, je ne vais pas faire la difficile. Je suis là pour apprendre avant tout. Quand tout le monde s'arrachera mon travail, j'aurai bien le temps de pinailler et de n'accepter que les sujets qui me font vibrer.

– Je règle la note et on y va.

Il se lève et la manière dont il pose sa main au creux des reins du serveur me donne chaud. Il lui chuchote un truc dans l'oreille, et je vois l'autre rire et se trémousser d'aise. De toute évidence, Louis est un habitué des lieux... Et peut-être pas que des lieux, d'ailleurs. Je ne peux m'empêcher d'imaginer leurs corps enlacés, et curieusement ça m'excite. Sarah lit ce qu'on appelle des romances M/M qui racontent des histoires d'amour (et de sexe) entre hommes. Jusqu'à présent, je n'avais pas compris ce qui l'émoustillait là-dedans. Mais là, en voyant Louis séduire cet homme, j'en ressens des frissons dans tout le corps. Imaginer qu'ils...

– Anna, on y va ? T'es dans la lune, ou quoi ?

Nous voilà arrivés à proximité du Grand Palais, là où va se dérouler une bonne partie des défilés. Je fouille dans mon sac, soudain inquiète d'avoir oublié ma carte de presse. J'ai pourtant vérifié mes affaires et mon matériel une bonne dizaine de fois hier. Je crève de trouille. Tous ces gens qui s'affairent me font l'effet d'abeilles dans une ruche en pleine effervescence.

– Mon Dieu, ce monde ! Je m'y attendais, mais c'est complètement dingue. Il va nous falloir des heures pour entrer.

– Ne t'inquiète pas pour ça, je connais le service d'ordre. On va nous laisser passer en moins de temps qu'il ne te faut pour dire « ouf ».

Il passe une main protectrice derrière mon épaule et me fait presser le pas. Je me demande s'il a conscience que je ne suis pas aussi grande que lui. Heureusement, nous n'avons pas des kilomètres à parcourir. Là encore, je le trouve très tactile avec l'homme qui nous permet de couper la file sans avoir à nous mêler aux gens de tous acabits : journalistes, influenceurs, vedettes... Oh mon Dieu, je crois que je viens de voir passer...

– Allez, presse-toi ! me houspille-t-il d'un ton caressant. Je voudrais te présenter des gens avant le début du premier défilé.

Décidément, pas moyen de se rincer l'œil tranquille...

Je continue à voler plus que je ne marche derrière Louis. Lui ne semble pas trop se soucier du fait que j'arrive à me frayer un chemin au milieu de tout ce monde. J'ai envie de lui dire qu'on s'éloigne du podium – là où vont défiler les mannequins, j'imagine –, que ce n'est sans doute pas la meilleure stratégie. Mais si je respire ne serait-ce qu'un instant, j'ai peur de le perdre dans la foule. Dans le genre potiche qui court derrière un homme, je demande Anna Wyle.

– Le secret pour faire un bon reportage, Anna, c'est d'être avenant avec tout le monde. Surtout les petites mains des défilés. Plus tu leur montreras qu'ils existent à tes yeux, plus tu as des chances qu'on te rapporte les bons plans, qu'on te dise là où tu dois te trouver pour avoir le meilleur cliché, pour entendre ce qui va échapper aux autres oreilles.

Ce mec est aussi malin que sexy… Un drame qu'il soit perdu à ma cause, parce que je l'aurais bien inclus dans mon projet *Zodiac*, le bougre.

Il a raison, tout le monde ici va faire les mêmes photos, plus ou moins bien cadrées, plus ou moins bien éclairées. Si je veux faire la différence, je dois proposer quelque chose d'original, de neuf. Du jamais vu. Mais franchement, avec un sujet pareil, je ne vois pas trop comment je vais pouvoir me démarquer.

Après m'avoir présentée et fait serrer un nombre incroyable de mains, Louis m'annonce que le premier défilé va bientôt débuter. Je le vois balayer la salle des yeux.

– On ne va pas s'asseoir avec les autres, il nous faut un autre angle de vue, déclare-t-il.

Ouais, je m'en serais doutée. Mais dans toute cette foule, je suppose qu'on n'est pas les seuls à chercher la place stratégique.

– J'ai une idée, ne bouge pas, je reviens, ajoute-t-il avant de disparaître.

Me voilà bien… Je sors mon appareil de son étui, passe la bandoulière autour de mon cou et enlève le cache de l'objectif. Je vais déjà prendre quelques clichés d'ambiance, histoire de faire mes réglages d'exposition. Avec l'intense luminosité du lieu, il faut que tout soit parfait si je ne veux pas que le résultat paraisse fade.

Putain, je dois reconnaître que j'en prends plein les yeux. C'est un vrai festival de couleurs et d'étoffes. De ce que j'ai pu en voir dans les magazines ou à la télé, j'ai toujours trouvé les défilés surfaits. *Too much*. Mais là, je ne sais pas si c'est l'atmosphère, ce lieu grandiose, mais tout me semble sublime.

Et les mannequins, quelle classe, quelle allure ! Et ces jambes qui paraissent s'étirer à l'infini... Du haut de mon 1 m 70, je me sens presque minuscule. Je me fais l'impression d'être une vraie baleine échouée au milieu d'un banc de guppys, tant elles sont toutes splendides. La bonne nouvelle, c'est que nous ne sommes pas du même côté de l'objectif, elles et moi.

Louis a le chic pour me sortir de mes grandes réflexions existentielles. Il me tend ce qui ressemble à s'y méprendre à un petit marchepied, tout droit tiré d'un catalogue de meubles suédois.

– Voilà, avec ça, tu seras à hauteur des mannequins. Les photos seront meilleures.

– Mais où as-tu déniché ce truc ?

– Une habilleuse qui me devait un petit service, dit-il d'un ton plein de sous-entendus.

La journée défile à une vitesse folle. J'enchaîne les clichés, les sourires. Louis continue de me présenter çà et là à des gens qu'il semble de bon ton de saluer. Je vais devoir lui demander un trombinoscope, si je veux être capable de reconnaître demain un dixième de tous les gens que j'ai pu croiser. Louis est aux petits soins pour moi. Il a même sorti de je ne sais où un sac contenant tout ce qu'il fallait pour se ravitailler à la pause repas. *Ne pas quitter les lieux, et profiter de ce que les autres vont déjeuner aux alentours pour s'accaparer les meilleures places*. C'est drôlement malin.

Dans l'après-midi, je le perds totalement de vue. Je ne sais pas s'il s'est lassé de ma compagnie ou s'il veut juste me laisser un peu de champ. Mais j'apprécie d'être totalement concentrée, et de n'avoir rien d'autre à penser que ce qui défile dans mon viseur. Henri et son air narquois demeurent dans un coin de ma tête. Mais étrangement, cela me galvanise plus que cela ne me tétanise. Je vais lui prouver qui je suis, et que, même si je débute, j'ai du potentiel. Absorbée par mon travail, je ne me suis pas aperçue que c'est déjà le dernier défilé de la journée. Je ne sais pas combien j'ai capturé d'images dans mon Leica, mais à la simple perspective de devoir toutes les visionner et les trier… je suis épuisée d'avance.

Je cherche Louis des yeux et remarque qu'il n'est pas bien loin. Je range mon appareil dans son étui et me dirige vers lui. C'est alors que je le vois attraper le bras d'une très belle mannequin. Le mouvement est un peu brusque et stoppe celle-ci dans son élan. Aurait-elle tenté de l'éviter ? Elle lui sourit rapidement et il ne m'échappe pas qu'elle s'est mise à rougir. Louis vient de sortir une pièce d'étoffe bleue de sa poche. Il la tend assez discrètement à la jeune femme. Sa petite culotte ? Je me demande si quelqu'un d'autre a été témoin de cette scène quand je l'entends lui dire : « Tiens, j'ai retrouvé ça dans mes affaires… Elle est à toi, non ? »

Le plus étrange, c'est qu'en prononçant ces mots, c'est mon regard qu'il a cherché à capter.

4

Le meilleur moment de la journée, ce n'est pas celui où on dort, ni celui où on mange. Ni même celui où on baise. C'est celui où on enlève ses pompes. Et encore plus quand on est une femme soumise au diktat des talons. Des petits, certes, mais tout de même... Demain, promis, je porte des baskets et au diable ma sexytude. Parce que là, je suis bonne pour me masser les pieds un bon quart d'heure. Personne à l'horizon pour me seconder dans cette tâche...

Je tombe de fatigue, et sans l'excitation de la journée, je pense que je roupillerais déjà sous mon plaid, sans même avoir eu la force d'allumer la télé. Louis a affirmé qu'on ne dort pas, ou peu, pendant la Fashion Week, que c'est une semaine de paillettes, de fête et de débauche. Et que si je ne fais pas la fête le soir, je risque de passer totalement à côté de l'esprit du truc. Encore un peu et il prétendait que la qualité de mon travail en dépendait.

Bon, avant toute chose, envoyer des photos à Henri, histoire de ne pas lui donner plus de grain à moudre contre moi. Je récupère mon appareil, le relie à mon PC et c'est parti ! Vu le nombre de photos prises, j'espère bien en avoir quelques-unes qui sortent du lot.

J'adore ce moment où je découvre mes clichés, où je vois se superposer les images que ma rétine a imprimées dans ma mémoire et celles que mon appareil a capturées. Assez souvent, je trouve que mon objectif a bien mieux saisi les détails que moi. C'est comme si je redécouvrais le monde une seconde fois, à travers mes clichés.

Sans vouloir me la raconter, ce que j'ai photographié est plutôt bon. Me voilà replongée dans l'ambiance de la journée. Je jurerais presque avoir saisi les âmes de ces mannequins, elles qu'on ne prend que pour des pantins désincarnés. Pas un sourire, pas une expression du visage. Et pourtant, dans leurs yeux, cette petite flamme. Je suis certaine que c'est ce que je vois dans mes photos : leur âme, oui c'est bien cela. Je trie, supprime, ordonne. Rien de tout cela n'impressionnera Henri. Mais si au moins ma petite sélection parvenait à le faire douter. Il a sans doute déjà classé mon dossier, tamponné d'une mention « NULLE » en gros caractères rouges.

Du courage, Anna ! De toute façon, au pire, il n'aimera pas, et il te le dira avec sa délicatesse habituelle. Point. Flipper seule derrière ton écran ne te sera d'aucun secours. Allez, hop, quelques mots dans un message, les photos que j'y joins, et on envoie.

Moins de dix minutes plus tard, je reçois un mail d'Henri... « Il y a du progrès : tes images ne vont pas révolutionner le monde de la photo, mais au moins, cette fois tu les envoies dans les temps. »

Penser à autre chose... penser à autre chose... ne pas répondre... Il n'attend que ça, j'en suis certaine. Il ne me poussera pas à être aussi déplaisante que lui. Même si j'ai bien envie de lui dire de se les mettre où il veut... Ses remarques, bien sûr, pas mes photos. Elles ne méritent pas ça.

Un petit coup d'œil à l'heure. Ça va, j'ai encore un peu de temps devant moi. Je vais appeler Sarah quelques minutes. Enfin, si elle n'est pas dans les bras d'un nouvel Apollon... Il ne lui faut que trois sonneries pour décrocher.

– Eh, miss Mantoux, ça va bien ? Je peux te voler quelques minutes ?

– Yep, miss Mode, ça roule. Et toi, alors, raconte ! ironise cette chipie de Sarah. Un photographe ou un grand couturier a décidé de faire de toi sa muse ?

Je lui relate ma journée en quelques mots, en n'oubliant ni la complicité de Louis avec le serveur le matin, ni la petite culotte rendue sous mes yeux effarés.

– Et donc ? Tu veux que j'en déduise quoi ?

– Justement, je ne sais pas. Il est gay ou pas selon toi ?

– Anna, je n'en sais rien. Mais pourquoi voudrais-tu qu'il le soit ?

– Ben il bosse dans la mode et...

Elle m'interrompt en riant à s'en décrocher la mâchoire et je me sens bête...

– Anna, c'est quoi, ces clichés ?! Tous les beaux mecs de la mode ne sont heureusement pas tous perdus pour nous. Et puis, avec de la chance, il est juste ouvert à toutes les possibilités.

– De toute façon, répliqué-je aussi sec, même s'il aimait les femmes, c'est complètement mort pour moi. Tu aurais vu toutes ces nanas aujourd'hui. Des avions de chasse !

– Ah bon, et toi tu es quoi, s'il te plaît ?

– Pff, moi... un hélicoptère en papier ! Et encore !

– Ah, ah, ah ! se moque mon amie. Tu te cherches des excuses, ma Nanna... Alors t'es gentille, mais laisse-le décider du moyen de locomotion qu'il préfère. D'accord ?

Entre elle et moi, c'est une amitié profonde. Mais sur la façon de voir les choses, c'est carrément le grand écart. Ce n'est pas que je sois coincée. J'ai juste tendance à tout vouloir mettre dans des cases, à aimer que tout soit bien rangé, à sa place.

– Sinon, ma Nounouille, il te reste la bonne vieille méthode...

– De quoi tu parles ?

– Ben, il suffit de le stalker sur les réseaux. Google est ton ami. Ce serait bien le diable qu'on n'y trouve rien.

– Ah parce qu'il y a un « nous », maintenant ?

– Évidemment. Je ne vais pas te laisser seule dans une investigation pareille.

– Investigation ?

– Oui, oui, j'ai bien dit « investigation ». Tu bosses dans la presse, tu te dois d'être pro.

Après quelques minutes de recherches conjointes, nous raccrochons. Sarah a un rencard avec un mec qui l'a abordée à l'épicerie du coin : « On sous-estime la drague de proximité, Anna... » Alors je continue à glaner seule des informations sur le Net. J'ai encore une bonne heure à tuer avant le rendez-vous que Louis m'a donné. 22 h 30, dans un bar proche de la boîte où nous irons ensuite danser.

Ce qui me gêne dans tout cela, c'est que Louis me semble l'inverse exact du mec posé auquel j'aspire. Mais est-ce celui que je recherche, ou celui que la Anna du 1er avril pensait rechercher ? La Anna née un 1er avril, parlons-en, cette fille qui n'est plus tout à fait moi.

Punaise, Nanna, tu déràilles ! Tu es toujours la même, peu importe ta date de naissance. La prédiction du voyant prend trop de place dans ma vie. Comme si je n'avais pas déjà eu mon compte avec Rodrigo... Cette histoire aurait pu se terminer tellement plus mal. Bon, cette fois, ça semble moins risqué. Mais ce n'est pas raisonnable de se fourrer de nouveau dans les ennuis.

Toute à mes réflexions, j'ai continué à fureter sur le Net. Quelques photos de Louis, son compte Facebook. Même s'il n'est pas dans mes contacts, bon nombre de ses publications sont publiques et j'arrive à collecter pas mal d'infos. Et là où, tout à l'heure, je me mettais des barrières, je sens monter une envie de compétition. Après tout, je suis jolie, on me l'a souvent dit. Et ce ne sont pas ces échalas de mannequin qui vont me faire complexer. Ce mec, si je le veux, je l'aurai. Le tout étant de savoir si je le veux vraiment...

C'est alors que je note sa date de naissance : Louis, un beau Gémeaux de juin. Si ça, ce n'est pas un signe du ciel... Je sais, je vois des signes là où je veux, et quand ça m'arrange. Il aurait été Taureau comme mon *salsero*, je n'aurais sans doute pas remis le couvert. Mais là... Et si mon voyant coréen avait raison ? Au pire, s'il a tort, et si on en croit les grandes théories de Sarah, j'aurai toujours pris du bon temps. Une lecture approfondie d'une page astro d'un magazine en ligne m'apprend que les Gémeaux ne sont pas des champions de la fidélité et qu'ils sont très soucieux du regard des autres. Bon, voilà qui s'engage plutôt mal, sur le papier.

Le plus sage est sans doute de laisser tomber. D'ailleurs, je me suis promis de ne pas rester longtemps ce soir. Henri attend que je donne mon maximum !

5

La traditionnelle petite robe noire, échancrée juste ce qu'il faut... OK, fendue jusqu'à la cuisse. Mais on ne va pas lésiner sur les moyens. Si je veux être à la hauteur des créatures aperçues aujourd'hui, j'ai intérêt à sortir l'artillerie lourde. De jolis sous-vêtements, des bas avec une large bande de dentelle... Tout ceci restera sans doute caché, mais ça me fait me sentir irrésistible. Et j'aime ça !

Mes pieds me rappellent que je ne pourrai pas supporter des talons toute la soirée. J'enfile des ballerines, même si c'est une hérésie en matière de mode.

Un petit coup d'œil à l'heure : je vais prendre un VTC, ça m'évitera les regards torves dans le métro.

Quand j'arrive au lieu de rendez-vous, Louis est déjà là. La ponctualité doit être sa seconde nature. Il a choisi une table près de l'entrée et semble encore occupé sur son smartphone. Pourtant, c'est comme s'il avait deviné ma présence. Il lève les yeux et affiche aussitôt un sourire rayonnant.

– Anna, mais tu es divine ! Vas-y ! Tourne, que je puisse t'admirer !

Je dois paraître aussi émue qu'une collégienne. Et si j'en crois la chaleur qui vient de s'emparer de moi, je dois être aussi rouge qu'une pivoine. Ce qu'il ne dément pas.

– Vu le rose sur tes joues, je pourrais presque croire qu'on ne te fait pas souvent ce genre de compliments.

– Tu es un sacré flatteur, dis donc...

– Oui, et tout flatteur vit aux dépens de celui qui l'écoute, dit la fable. Que vais-je obtenir pour mes bons mots ?

– Tout dépend... que veux-tu obtenir ?

Je n'ai pas le temps de me féliciter de mon audace que son téléphone sonne. Et il répond, forcément. Mince, occasion loupée. Pas évident que j'arrive à le remettre dans l'ambiance une fois sa conversation terminée.

– Anna, viens ! Allons danser, s'exclame-t-il après avoir raccroché.

Il se lève et me tend la main pour m'inviter à le suivre. Nous enfilons nos manteaux à la hâte et me voilà de nouveau en train de presser le pas, tentant vainement d'adopter une foulée aussi ample que la sienne.

Arrivés devant la boîte, nous ne faisons même pas la queue. Il se fraie un chemin au beau milieu de la cohue et ne semble pas le moins du monde gêné de passer devant tout le monde. Grande embrassade avec le videur, qui, au passage, me détaille comme un vulgaire bout de viande. Mais, soit. Nous entrons en un rien de temps. La musique est assourdissante et les lumières fusent de tous côtés. Je me demande ce que je fais là, alors que je suis épuisée. Clairement, je n'ai pas récupéré de mon escapade à Caracas, que l'on parle du *jetlag* ou de mes sentiments. Mais je n'ai pas le temps de me laisser aller à ces considérations que nous voilà au bar, une coupe de champagne à la main.

– À ton entrée dans le monde de la photo et de la mode, jolie Anna ! Que cette semaine soit couronnée de succès !

– Que les dieux du stage et de la photo t'entendent, lui réponds-je en levant ma coupe.

Le champagne coule tout seul au fond de ma gorge. Il est frais et j'adore les bulles ! Voilà qui annonce une très belle soirée. Il ne me reste plus qu'à ferrer Louis et à ramener un Gémeaux dans mes filets. Avec un peu de chance, c'est le signe qui me convient et je n'aurai pas besoin d'éplucher tout le zodiaque.

Si seulement...

– Allez, que la fête commence ! Amuse-toi, on se capte plus tard ! claironne à tue-tête mon cavalier.

Je rêve ou il vient de me planter là pour aller fanfaronner seul dans la boîte ? Il insiste pour que je vienne, je prends sur moi, je me mets sur mon trente et un. Et lui, il m'abandonne là comme une vieille savate. Il n'a pas fait dix pas qu'il se colle déjà à une bombe en robe moulante, sorte de déesse blonde absolument parfaite. Leurs corps semblent bientôt ne plus faire qu'un.

Il ne me reste que deux solutions : rentrer ou reprendre une coupe.

C'est à ce moment-là qu'un verre glisse sur le comptoir en ma direction.

– Venir avec ce bouffon, ça mérite au moins que je t'offre la prochaine coupe, me balance la barmaid. Et vu tes yeux de merlan frit, tu vas devoir t'en payer deux ou trois autres si tu veux l'oublier.

Je la regarde, médusée. Je n'ai pas le temps de trouver une réponse un tant soit peu intelligente qu'elle est déjà en train de servir d'autres clients, affairée derrière son bar. Je tente de me créer une contenance. Je souris, je fais mine de danser. Mais le cœur n'y est pas vraiment. Je me sentais désirable, il y a quelques minutes encore. Et pourtant, tout à coup, j'ai l'impression d'être un vulgaire déchet abandonné sur un trottoir. J'aurais dû demander à Sarah et Jérémy de m'accompagner, j'aurais été plus à mon aise. Et on se serait éclatés toute la nuit.

– Salut, je m'appelle Camille. Je t'avais jamais vue ici.

La barmaid vient de profiter d'un creux entre deux cocktails pour s'approcher de moi.

– Salut, moi c'est Anna. En effet, c'est la première fois. Louis m'a proposé de venir avec lui. Je pensais naïvement qu'on avait un *date*. Mais, il faut croire que j'ai surestimé mon charme.

– Ah mais non, rassure-toi. Louis, il est comme ça. Il aime ce qui brille. Et si quelque chose de plus clinquant passe dans son sillage, il est capable d'oublier jusqu'à la proie qu'il avait encore dans le bec la seconde d'avant.

J'ai l'impression que la référence au corbeau et au renard me colle à la peau. Et je me fais tristement l'effet d'être un volatile à plumes noires ce soir.

– Si tu veux, poursuit-elle, tu peux jouer avec moi ?

– Comment ça ?

– Chaque fois qu'il vient, je mise sur la meuf avec laquelle il va repartir. Alors ce serait plus drôle de ne pas être seule à lancer les paris, ce soir.

– Chiche, bafouillé-je.

– Comme je suis sympa, je vais t'aider un peu... Pour commencer, ce ne sera pas toi.

J'hésite entre rire avec elle et lui coller une bonne gifle. Elle est certes sympathique, mais pourtant je suis blessée par sa remarque.

– Ne le prends pas mal. À sa place, moi, j'aurais parié sur toi. Mais ce mec est un séducteur indécrottable. Cette nénette avec qui il danse, là, elle lui résiste depuis plusieurs nuits. Ce soir, je mettrais ma main au feu qu'elle est mûre. Et tu peux me croire, Louis n'est pas du genre à laisser passer sa chance.

Je ne peux pas lui en vouloir d'être aussi franche. Néanmoins, je suis vexée comme un pou. Je ne vais quand même pas prendre un ticket en espérant qu'un jour ou l'autre, on en arrive à mon numéro. Anna Wyle n'est pas ce type de femme ! De toute façon, ce ne sont pas les Gémeaux qui manquent sur cette planète. Je n'ai qu'à me pencher pour en ramasser. D'ailleurs, n'en ai-je pas déjà assez vu sur ce signe pour savoir que ce n'est pas un mec pour moi ?

OK, l'excitation que je ressens dans mon bas-ventre est en complète opposition avec le raisonnement que je tente de suivre. Mais j'ai bien le droit à la contradiction. Et je ne vais pas coucher avec tous les mecs qui font mouiller ma petite culotte... si ? Je vais rentrer. Au moins demain, j'aurai à peu près les yeux en face des trous. D'autant qu'il va falloir que je me creuse les méninges pour ramener des photos qui sortent du lot.

C'est ce moment que choisit Louis pour revenir vers moi.

– Mais tu n'as pas dansé depuis notre arrivée ! Viens ! Le son est trop bon !

Il m'entraîne une fois de plus dans son sillage et nous voilà en train de nous déhancher au beau milieu de la piste. Ce mec remue son corps comme un dieu. On est loin de l'univers de la salsa de Rodrigo. Mais, dans un tout autre style, Louis n'a rien à lui envier. Il se frotte à mon ventre, tourne autour de moi. Je voudrais qu'il me serre contre lui. C'est alors qu'il pose sa main au creux de mes reins et me tire d'un geste jusqu'à lui, susurrant à mon oreille :

– Je t'ai dit à quel point je te trouve irrésistible ? Tu as des jambes incroyables !

Je suis certaine que je rougis à nouveau. Et je remercie les éclairages qui m'évitent d'être percée à jour. C'est ainsi qu'il poursuit.

– Cette robe te va divinement. Elle ne cache rien de tes formes. Et ça me rend fou, ça, tu sais ?

Je jubile : la barmaid avait tort. C'est avec moi qu'il va repartir ! Je ne suis pas folle et je sais bien quand je plais à un homme. Et celui-ci, Anna, tu l'as bel et bien ferré. Je me love contre lui, je me fais chatte. Nos corps sont prêts à se mêler, je le sens.

C'est alors qu'il se penche vers moi et pose ses lèvres au coin des miennes. Le morceau s'achève et il me chuchote ces derniers mots « À demain, Anna », avant de retourner vers la beauté blonde sur laquelle Camille avait parié.

6

Fashion Week : jour 2. Aujourd'hui, c'est ma journée, c'est décidé. Rien de tel que l'autopersuasion pour être au top du top.

Tout d'abord, mission Louis. Enfin, objectif, s'habiller comme une bombasse pour le faire saliver. J'aimerais qu'il s'en décroche la mâchoire et regrette de m'avoir plantée la veille. Habituellement, j'aurais laissé tomber ce genre de plan foireux. C'est pas dans mon tempérament de courir derrière un type capable de m'allumer et de se casser avec une autre. Mais là, je ne sais pas. On dirait que ma fierté en dépend. Je vais le harponner en bonne et due forme. Juste pour avoir l'impression d'être la gagnante. C'est ridicule, ce n'est pas moi. Et pour autant, je crève d'envie de l'avoir à mes pieds...

En attendant, ce jean slim me fait un petit cul d'enfer ! Et vu mes petits seins bien ronds, ce sera décolleté plongeant. Une invitation plus qu'un « pousse-au-crime ». Tout en nuances et en suggestion, voilà, c'est tout à fait moi. Si je ne le fais pas tomber de l'arbre, le Louis, c'est que je ne m'appelle plus Anna Wyle !

Aujourd'hui, pas de petit déj' avant le défilé. Certains ont dormi bien moins que moi... On se rejoint en coup de vent à l'entrée du Grand Palais. Un sourire, deux bises, quelques banalités échangées et nous voilà entrés.

Les choses ont été faites en grand : le lieu a été transformé en plage pour le défilé d'un grand créateur. Je n'en crois pas mes yeux et je regrette presque de ne pas être en maillot de bain. Tout a été reconstitué avec un réalisme de dingue. C'est du vrai sable, et on pourrait croire que c'est le ciel qui est au-dessus de nous. De l'eau se jette même sur le faux rivage. Certes, ce n'est pas la vie de voyage que m'a prédite le voyant, mais ça en jette quand même.

Entre l'espace occupé par cette mise en scène et la foule qui a augmenté depuis hier, on est tous les uns sur les autres. Louis ayant déjà disparu je ne sais où, je vais m'asseoir avant qu'il n'y ait plus une seule place disponible. Le décor est suffisamment époustouflant pour que je n'aie pas réellement besoin de trouver une approche originale pour la journée.

Je me prends les pieds dans une lanière de sac et manque m'étaler.

– Pardon, je laisse toujours traîner mes affaires partout. Vous ne vous êtes pas tordu la cheville au moins.

Je réfrène l'envie de la traiter de pauvre gourde.

– Non, non, pas de casse, baragouiné-je, rassurée de ne pas avoir sorti mon appareil.

La jeune femme tente d'engager la conversation, mais je ne suis pas d'humeur à faire dans le social. J'ouvre ma sacoche, en extrais mon Leica, fais quelques réglages. Je suis armée pour la journée. C'est alors que je m'aperçois que ma voisine de strapontin ne m'a pas quittée des yeux.

– Vous avez un sacré matos, vous ! prononce-t-elle d'une petite voix aiguë.

Je me fends d'un sourire et d'un « merci », qu'elle prend automatiquement comme une invitation à papoter.

– Bonjour, je m'appelle Inès ! C'est ma première Fashion Week et je suis hypra excitée.

– Salut, moi je m'appelle Anna. C'est ma première aussi.

– Et t'as déjà investi dans un si gros appareil ? Moi, je vais me contenter de mon smartphone, il fait de super photos.

Bon, on va se tutoyer, alors.

– C'est mon outil de travail, en fait. Je suis photographe. Stagiaire, remarque. Mais il faut bien commencer.

Elle me raconte qu'elle est instagrameuse depuis quelques mois, qu'elle a beaucoup de *followers*. C'est comme ça qu'elle a été invitée dans ce qu'elle nomme *le temple de la beauté*. Elle espère faire connaissance avec plein de monde du milieu. Et qui sait… l'intégrer. Elle a fait des études de mode, et rêve de devenir styliste.

– Eh bien, j'espère que ça va marcher pour toi, Inès. Il paraît qu'il faut être au bon moment au bon endroit.

– C'est tout à fait ça ! Hier, j'ai fait la connaissance d'un jeune créateur. C'est sa première fois, et j'ai l'impression que peu de gens s'intéressent à lui. J'ai décidé de l'avoir à l'œil. Imagine, s'il explose ensuite, je pourrai dire que j'étais là à ses débuts. Si tu veux, je te le présenterai.

Elle est sympa mais Dieu qu'elle est bavarde. Bon, je fais ma vipère, là. Cette nana n'hésite pas à partager ses tuyaux avec moi. Je n'aurais pas imaginé trouver la moindre entraide désintéressée ici.

Je suis un peu sauvage. Après tout, j'ai deux super potes de toujours et je n'ai besoin de personne d'autre. Ils sont là depuis une période où les choses n'étaient pas simples pour moi. Ni pour eux d'ailleurs. C'est vrai que depuis, on a toujours eu l'habitude d'être « nous contre le reste du monde ». Malmenée à l'adolescence par mes camarades, je suis toujours très méfiante. Parfois, cela me donne même l'air hautaine, alors que c'est juste une protection. Il est peut-être temps de m'ouvrir à de nouvelles rencontres.

– Je connais assez mal le monde des influenceuses. Ce serait sympa que tu m'en dises plus entre deux défilés.

– Avec grand plaisir, je suis certaine qu'on a plein de choses en commun.

Cette collection est à couper le souffle. Les mannequins se déplacent pieds nus dans le sable, ce qui rend leur démarche très différente. Cette note d'exotisme est très réussie, on se croirait presque en vacances. Même si l'idée de mêler haute couture et plage peut sembler saugrenue, le décalage produit est parfait. Je shoote à tout-va, tant je trouve cette idée incroyable. À mes côtés, Inès se livre à un rituel différent du mien. Elle prend des clichés, se filme. Et met tout ça en ligne au fur et à mesure.

– Anna, je peux te présenter à mes *followers* ? Ils vont t'adorer !

Et me voilà en pleine vidéo en direct avec Inès : « Salut tout le monde ! Comme vous le savez, je suis en direct du Grand Palais. C'est la Fashion Week et pourtant, on se croirait au bord de la mer ! J'ai fait connaissance avec une photographe extra ! Enfin, j'ai failli la faire tomber ! Je vous présente Anna, elle est super sympa ! »

Me voilà en train de sourire bêtement devant son smartphone : « Salut tout le monde ! » et elle poursuit : « Retenez bien ce visage, Anna sera bientôt hypra connue. Vous savez que j'ai du flair ! »

Elle vérifie le nombre de vues, le nombre de *likes*, répond aux commentaires. C'est super prenant, son truc.

C'est à ce moment qu'un gars s'assied à côté de nous.

– Eh Inès ! Alors, tu t'éclates ?

– Ah Andréa ! Il faut que je te présente ma nouvelle amie, une jeune photographe que tout le monde s'arrachera bientôt.

– Comme moi, en quelque sorte, s'esclaffe le nouveau venu ! Bonjour, Anna ! Enchanté, Andréa Pernace. Je suis styliste.

Je repère immédiatement un petit accent italien. Et ça le rend irrésistible.

– Je suis ravie, moi aussi. Vous présentez une collection ?

– On se tutoie, si tu veux bien. Oui, une collection « jean », mais je n'ai pas eu le droit de défiler sur la plage. Mais si ça te dit de couvrir l'événement, je peux t'en dire plus.

Il me tend sa carte et se lance dans une explication passionnante de son parcours. Une envie de mêler jean et haute couture. Rendre classe un tissu plutôt apprécié pour sa robustesse. Lui donner ses lettres de noblesse. Je ne sais pas si c'est novateur, mais ce type me captive. Il n'est pas mon genre physiquement et pourtant je le trouve séduisant. Je serais curieuse de savoir quel est son signe.

– Eh bien, je trouve que c'est une super idée. Je devrais pouvoir venir photographier ta collection, réponds-je avec enthousiasme. Pour aujourd'hui, j'aimerais suivre le défilé à travers tes yeux, si tu veux bien.

– C'est-à-dire ?

– Je vais shooter ce qui te plaît, ce qui t'intrigue.

J'ignore ce que ça peut bien donner. Mais après tout, je n'ai pas grand-chose à perdre. Au pire, on me dira encore que mes photos sont banales. Au mieux, Andréa aura attiré mon appareil vers des détails intéressants. C'est un mec abordable. Sa démarche est probablement intéressée, mais entre novices, on peut bien se serrer les coudes. Si d'aventure j'avais découvert le nouveau prodige de la mode, Henri se fendrait peut-être d'un « bien ». Ouais, on ne va pas rêver non plus. Le « parfait » n'est pas pour demain, ni même pour la fin de semaine.

La matinée défile. J'ai l'impression de mêler travail et plaisir. Mes deux nouveaux compagnons apportent une touche différente à ma journée. Il est déjà presque midi et Louis se rappelle à moi. Un SMS qui confirme son culot.

> J'accepte de te céder à cet homme pour la journée. Mais ce soir, tu es à moi.

7

Jaloux ? Heurté dans sa fierté ? Louis est un fruit mûr. Je ne vais pas avoir beaucoup de mal à le cueillir. Je vais opter pour une robe rouge et décolletée, qui devrait finir d'attirer sa convoitise. Oui, je sais bien que je joue autant son jeu que le mien. Va savoir lequel des deux chasse l'autre…

Cette fois, j'ai pris de l'avance car je veux arriver la première. On s'est donné directement rendez-vous dans la boîte où est censé sortir tout le gratin de la mode. Comme ce n'est pas la même qu'hier, Louis a envoyé un SMS au videur, dans la journée. Sinon je n'aurais pas pu entrer sans lui. Je ne connais pas ce monde et je ne pense pas m'y attarder par la suite.

Pourtant, j'y croise des gens charmants. J'ai d'ailleurs passé un super moment avec Inès. Nous avons grignoté un wrap sur les marches du Grand Palais, à midi. En quelques minutes, nous nous racontions nos vies et nos envies. Je me suis tout de même retenue de lui confier ma quête zodiacale. J'ai peur que les gens pensent que je suis cinglée de m'embarquer là-dedans. Voire pire. On a surtout parlé de notre passion commune pour l'image. Et j'ai été surprise de constater qu'elle recherche aussi l'âme dans ce qu'elle prend en photos. Je pensais que ces influenceuses n'étaient obsédées que par l'image qu'elles pouvaient donner d'elles. J'ai sans doute jugé trop vite. *Va falloir grandir, Anna !*

Et si je ne peux pas dire que je suis aussi à l'aise qu'avec Sarah et Jérémy, notre trio avec Andréa a plutôt bien collé. D'ailleurs Inès et lui ont une telle complicité, qu'on a du mal à croire qu'ils ne se connaissent que depuis hier.

J'ai pu faire mon job le sourire aux lèvres. J'ai envoyé un mail avec mes clichés du jour à Henri mais je n'ai eu aucune réponse. Au moins, ça ne me gâchera pas la soirée.

Bon, où vais-je bien pouvoir me placer afin que Louis ne me rate pas en entrant ? Il faut que rien ne vienne perturber son champ visuel. Même si son SMS spécifiait qu'il me voulait à lui pour la soirée, je me souviens de ce que m'a dit la barmaid hier. Toute opportunité est bonne, et si une plus « clinquante » s'offre… mon bel apollon risque d'oublier l'option qu'il a posée quelques heures auparavant.

Je pourrais danser sur la petite estrade collée à la piste de danse. De là, il ne pourra pas me louper. Le reste des clients non plus. Sans savoir à quelle heure le bellâtre va se pointer, je ne suis pas certaine d'assumer faire le show pendant des plombes. Je vais attendre au bar, c'est plus sage. Et puis, c'est l'endroit idéal pour tout observer. Et si je sympathise avec le barman, j'arriverai peut-être à en apprendre encore sur Louis. Ces gens-là sont les yeux et les oreilles des boîtes de nuit. Autant en profiter.

– Anna, décidément on ne se quitte pas.

– Andréa ! En effet, on dirait qu'on a eu la même bonne info !

– J'aime pas trop les boîtes mais dans ce monde-là, il paraît qu'il faut se faire voir à chaque instant. Et l'alcool aidant à fraterniser...

– Tu es là depuis longtemps ?

– Trop, si tu veux mon avis. Mais j'ai réussi à dénicher quelques contacts, alors je ne vais plus trop tarder. Je t'offre un verre ?

La musique est super forte et je dois me rapprocher de lui pour l'entendre. Hmmm... il sent rudement bon... Le voilà parti dans un récit sur son parcours : ses études, son goût pour la mode en général et le jean en particulier. Son entourage a toujours essayé de le dissuader de travailler dans ce secteur. « Trouve-toi un vrai métier », s'est-il souvent entendu dire. Mais cela ne l'a pas découragé, au contraire. Et cette année, il va leur prouver que tout est possible. Il va percer, il se donne tous les moyens pour y parvenir. Même s'il a vidé toutes ses économies, rajoute-t-il en riant.

– Et toi, Anna ? Si j'ai bien compris, ton truc c'est la photo. Pas tant la mode.

Andréa est aussi sympa qu'il est tactile. Son côté méditerranéen explique sans doute sa manière de parler avec les mains. Les siennes se posent négligemment sur mon bras, sur mon épaule. Je ne veux pas voir le mal partout, mais je n'ai pas l'habitude de me faire ainsi toucher par des étrangers. Alors je me recule un peu, tout en riant et en parlant. Comme si de rien n'était.

– Oui, ma passion, c'est la photo. J'adorerais en vivre. Pour l'instant, je suis en stage au magazine *Flash*. Je couvre ce sur quoi on m'envoie.

– Et jusqu'à présent, ça t'a plu ?

– Mon précédent reportage m'a emmenée jusque dans les bas-fonds de Caracas. Du coup, la Fashion Week, c'est une promenade de santé.

– Oh, je pense qu'on y trouve autant de drogue, si ce n'est plus, dit Andréa en me gratifiant d'un clin d'œil charmant.

Louis surgit de nulle part à ce moment précis.

– Anna, je suis en retard, désolé. Mais je vois que tu ne t'ennuies pas.

Non, non, pitié, pas d'esclandre ! Je ne fais rien de mal, et pourtant la colère de Rodrigo me revient en mémoire. OK, Louis avait décrété qu'il passerait la soirée avec moi. Mais je ne lui appartiens pas. Pas plus qu'à quiconque d'ailleurs. Ça leur arrive, aux hommes, de se demander si leur conquête est réellement consentante ?

Pas d'hystérie, Anna ! Décidément, l'empreinte de mon *latin lover* est bien plus incrustée que je n'aurais pu le croire. Notre relation a pourtant été brève. Je pensais que son attitude possessive et démesurée m'aiderait à passer rapidement à autre chose. Mais la simple pensée de sa peau contre la mienne… Suis-je prête à oublier dans les bras de Louis ? Ou d'un autre homme ?

Andréa tente une poignée de main, mais Louis l'ignore. Il me regarde froidement. Et je peine à comprendre quel sentiment l'agite. Il sourit de toutes ses dents. Étincelantes. Bordel, ce type est canon !

– Bonjour, je m'appelle Andréa, persiste le couturier. Je ne voulais pas m'interposer entre Anna et vous…

Arborant un sourire crispé, Louis lui coupe la parole. Je pourrais presque croire qu'Andréa est invisible. Ou qu'il n'existe pas.

– Anna, tu es délicieuse. Je vois que ton ami couturier a très bon goût. Et que pour son entrée dans le milieu, il a décidé de faire main basse sur le meilleur, décoche Louis avec une ironie qui n'échappe à personne.

Comment Louis sait-il tout cela ?

– Je ne veux pas m'imposer. Anna, je vais te laisser avec monsieur. Nous aurons beaucoup d'autres occasions de passer du temps tous les deux, lance Andréa sur un ton qui ne laisse aucun doute sur le fait qu'il provoque Louis.

Mais ce dernier se contente de ricaner et nous tourne le dos. Il se dirige vers la piste de danse, s'arrête et fouille dans sa poche.

Mon téléphone vibre dans mon sac. SMS de Louis. Encore. Cinglant. Encore.

> Si tu savais ce que tu perds...
> bon jeu d'aiguilles, ma chère.

Je pense que mon visage trahit mon désappointement. Andréa est mal à l'aise. Il me demande si c'est mon petit ami. J'ai beau dire que non, la scène qui vient de se produire envoie les signaux opposés.

– Bon, de toute façon, il est tard. Je dois encore revoir des bricoles pour être au point en fin de semaine. J'espère que tu me feras l'honneur de couvrir mon défilé.

– Oui, tu es dans mon agenda, répliqué-je avec un sourire radieux.

Me voilà une fois de plus abandonnée à mon sort. Je regrette cette deuxième soirée sans mes fidèles comparses. C'est décidé, demain, je les appelle et je leur propose de venir faire la fête avec moi.

Louis a déjà jeté son dévolu sur une superbe nana. Il se frotte langoureusement à elle, cherchant cette fois encore mon regard. Il me provoque, c'est évident. Et vu la familiarité entre eux deux, il doit la connaître elle aussi.

Je commande un nouveau verre histoire de me donner une contenance. Mais le cœur n'y est pas vraiment. Je n'ai pas l'habitude de ce genre de chassé-croisé. Je suis vexée que cet homme se permette de jouer ainsi avec moi. De souffler ainsi le chaud puis le froid. Une bonne vingtaine de minutes plus tard, plus aucune trace de lui, ni de la femme avec laquelle il dansait. Ce soir encore, je vais me coucher seule. Je devrais peut-être faire comme Sarah... et planquer des sex-toys dans ma table de nuit. Ça ne remplace pas la chaleur d'un homme, mais ça m'aiderait à soulager la frustration qui monte en moi depuis deux jours.

8

J'ai passé une mauvaise nuit. À ruminer sur l'attitude de Louis à mon égard. Mais aussi sur la mienne et sur cette obsession au sujet de la prédiction. Ne suis-je pas en train de tout confondre ? Je suis censée chercher qui je suis, et je suis surtout en train de me perdre. Cet homme est Gémeaux, la belle affaire ! Il y en a une multitude d'autres qui répondent à ce critère. Je rêve de trouver l'amour et je suis en train de gérer toute cette histoire comme si je remplissais un caddie au supermarché. Après tout, ce n'est pas un contrat. Je n'ai pas à cocher toutes les cases non plus. Je devrais fonctionner au feeling. Quitte à vérifier ensuite la compatibilité du signe… Je ne suis pas une chasseuse.

Ce matin, je vais aller à *Flash*. Un mail d'Henri, assez laconique, me donne rendez-vous à 10 heures dans son bureau. Je me sens comme une petite fille. Vais-je avoir le droit à la friandise ou à la petite tape sur les doigts ? Cet homme m'impressionne beaucoup trop. Mais je voudrais tellement que tout aille bien dans le meilleur des mondes. Je voudrais que mon boss apprécie mon boulot, trouver un mec gentil qui n'ait d'yeux que pour moi. Je voudrais aussi des nuits de douze heures. J'ai intérêt à me blinder d'anticernes. Je me demande s'il arrive à Henri de faire la fête. De se lâcher.

Mais avant ça, je vais voir si Sarah et Jérémy sont joignables. J'attrape mon portable, lance mon appli WhatsApp. Chouette, ils sont connectés tous les deux.

– Eh, les loulous, ça roule ? Les yeux en face des trous ?

– Eh ma Nounouille, t'es déjà levée ? Alors, il est dans ton lit, le beau Louis ?

– C'est qui ce Louis ? On ne me dit jamais rien à moi. Il est de quel signe ?

– Bon, soyez concentrés deux minutes. Vous êtes dispo ce soir ? Pour une soirée dans une boîte méga branchée.

– Ah trop bien, j'ai justement une nouvelle robe à étrenner. Partante pour picoler et onduler jusqu'au bout de la nuit.

– Et toi, Jérem ?

– OK, OK, comment rater une soirée avec mes deux meilleures amies ?

– Vous ne le regretterez pas, tout le gratin de la mode sera là.

Je ne doutais pas de l'enthousiasme de Sarah. Mais je suis surprise que Jérémy ait accepté sans même se faire prier. Les boîtes, le monde, les paillettes, c'est pas son truc.

– Anna, je suis content de te voir. Je voulais qu'on discute de vive voix des photos que tu m'as envoyées.

Henri est souriant. Ça me fiche encore plus la trouille. J'ignore si je peux sourire moi aussi. Si je peux souffler un peu. Respirer, oui... vais-je pouvoir respirer aujourd'hui ? Il continue avec le même air détendu :

– Tout d'abord, je suis content que tu respectes enfin les règles de la ponctualité et du rendu du travail. Je sais que je ne suis pas commode. Mais la première qualité d'un stagiaire se situe là. Ponctualité et fiabilité.

– Je sais. Je n'avais pas fait un super début. Mais je suis dans les clous maintenant.

– Parfait, et restes-y. En ce qui concerne ton travail, je dois reconnaître que les photos sont soignées. Tu as du talent, des idées.

Je rêve, il me fait des compliments. Je répondrais bien quelque chose mais je préfère dodeliner de la tête. J'ai sans doute l'air d'une potiche mais c'est tellement bon de l'entendre dans ce registre. Je préfère le laisser poursuivre :

– Cette idée de te mettre dans la peau de ce créateur est originale. Le traitement est encore maladroit, mais on sent que tu cherches à proposer des choses. En l'état, je ne vais pas pouvoir vendre ça bien cher. Ton travail manque encore de style. Tu sais, ce truc qui va faire qu'au premier coup d'œil, on dira « Ah ouais, c'est du Anna Wyle ».

Je n'ai jamais envisagé les choses sous cet angle. Sans doute parce que j'ai à peine 20 ans. Je n'ai jamais non plus eu trop à me battre pour obtenir les choses. Malgré la difficulté à grandir sans mère, j'ai grandi en n'ayant à me soucier de rien. Jim a toujours veillé à ma sécurité et à mon confort. Voilà où elle se cache, l'âme d'Anna Wyle ! Je dois aller chercher les choses, être moi. Et ne plus me contenter d'être la fille de Jim.

– Et un jour, je suis même certain qu'on demandera expressément ton travail. Tu es un diamant brut, pas taillé. À toi de voir si tu veux briller.

Bon, c'est peut-être le bon moment pour aborder ce que j'ai appris tout à l'heure. Fanny, l'assistante de Bob, m'a félicitée d'un truc que j'ignorais... mon reportage sur Carlos plaît. Il plaît tellement qu'Henri l'a revendu à plusieurs magazines étrangers. C'est un sujet qui intéresse et les photos d'Anna ont convaincu par leur grand réalisme. « On croirait y être, c'est limite flippant », a même commenté Fanny.

Allez, je me lance. Après tout, c'est mon travail.

– Merci Henri, je vais m'accrocher. D'ailleurs, je voulais parler avec toi des photos de Caracas.

– Oui, du bon boulot, je l'avoue. On a eu du mal à les avoir... mais ce sont de belles photos.

– On m'a dit que tu avais réussi à les vendre à plusieurs journaux étrangers.

– Je vois que les nouvelles vont vite. En effet, cette vue de l'intérieur, c'est assez rare. Un coup de maître, Anna, c'est vrai. Mais ne t'inquiète pas, je ne les vendrai pas au Venezuela, comme promis.

– Et donc, ces ventes... je vais en avoir un pourcentage ?

Le Henri moqueur et sarcastique est de retour. Il éclate d'un rire qui me met mal à l'aise.

– Tu n'es pas sérieuse, là. Tu es stagiaire chez nous. C'est beaucoup d'investissement de former les gens.

J'étais seule, hein, au Venezuela... Personne n'était là pour m'apprendre quoi que ce soit. Je les ai même tirés d'un sacré guêpier. Mais je vais éviter de présenter les choses ainsi.

– Je pensais quand même que j'aurais droit à une petite part. Surtout en raison du danger couru...

– Les droits de tes images appartiennent à *Flash*, qu'est-ce que tu crois ? Quand tu seras confirmée, on en reparlera. En attendant, il me semble que tu as une Fashion Week à couvrir, non ?

C'est en traînant la patte que je me rends au défilé de la journée. Cette fois, c'est un tout petit événement dans un hôtel particulier. Louis m'a donné ce tuyau par SMS, en pleine nuit. Était-il seul ou accompagné ? Bref, je m'en fiche. Boulot, boulot, boulot.

Je suis dégoûtée. Une petite prime m'aurait permis de retourner au Cambodge. Je veux remonter la piste de ma naissance. Il y a forcément quelqu'un quelque part pour me dire qui je suis.

Il faut que j'arrive à me concentrer. À faire de belles photos aujourd'hui encore. Même si le seul enjeu, c'est un compliment d'Henri. Pas une petite enveloppe... La mode, ce n'est pas pour moi. Le luxe, les apparences. C'est le troisième jour et c'est toujours la même chose : des mannequins qui défilent, des photos en pagaille. Un culte de la beauté... et du fric. Tout ça pour finir la soirée dans les lieux à la mode et se faire voir. Vivement que ça s'arrête.

Je crois que je suis davantage faite pour des reportages comme ceux de Caracas. Ceux pour lesquels il faut mouiller sa chemise. Prendre des risques. Aller à la rencontre des gens.

Aux antipodes de ce que je fais ici. Mais bon, j'imagine que ce n'est pas plus mal de toucher à tout quand on est stagiaire. Ça aide ensuite pour savoir ce qu'on veut et ce qu'on ne veut pas.

Un peu comme pour les hommes. Enfin, je crois. Parce que je sais ce que je recherche, et pourtant, je fais exactement le contraire. Louis ne sera pas le prochain. C'est aussi simple que cela. Il suffisait de le dire à voix haute. Ou presque.

De toute façon, je ne l'ai qu'aperçu à mon arrivée. Et malgré un sourire chaleureux, il s'est contenté d'un signe de la main. De loin.

Heureusement, Inès est là elle aussi. Toujours aussi joyeuse. Et bavarde. Je me demande d'ailleurs comment elle fait pour réussir à tenir une conversation, tout en animant ses réseaux.

– Anna, je suis contente de te retrouver. C'est tout petit, ici. J'adore le grand écart par rapport à hier. J'ai déjà inondé mes *followers* de petites vidéos.

– T'es une vraie hyperactive, dis-moi. Et le soir, on ne te croise pas dans les boîtes. Je pensais t'y retrouver hier.

– Je suis intéressée par la mode, pas trop par la fête. Et puis mon mec n'aime pas danser. Et il est trop jaloux pour me laisser y aller seule.

– Un Taureau ?

Ça m'a échappé ! D'un coup, j'ai revu Rodrigo. Entrant précipitamment, jurant et me tordant le bras pour me sortir des griffes de Carlos. Pour me précipiter dans les siennes, beaucoup plus acérées.

– Oui, il est parfaitement dans le cliché du mec possessif.

– Et ça te dérange pas ? demandé-je en haussant un sourcil.

– Non, j'adore, ça prouve qu'il tient à moi.

Soit elle est inconsciente, soit elle a un côté « soumise qui s'ignore » ?

– Eh, tu sais que tu fais un truc rigolo, là, avec ton lobe d'oreille ? poursuit-elle.

Tu m'étonnes, j'ai besoin de décompenser.

– Ouais, je fais ça quand je réfléchis. Je suis sortie avec un Taureau, et franchement... je déteste le conflit, alors c'est pas pour moi.

– Oh, il n'est pas dans l'excès. Et puis je ne fais rien pour le provoquer non plus.

Étrange manière de voir les choses. Encore une nana qui pense qu'on est forcément à l'origine des colères de nos mecs. Que si le type pète une pile, c'est que sa copine ne s'est pas respectée...

Si Louis s'est montré moins virulent hier soir, son attitude n'en a pas moins été possessive. Comme si j'étais son jouet et que personne d'autre ne pouvait s'en servir. D'autant que je ne faisais rien de mal.

J'espère que je ne suis pas en train de me fourrer dans un nouveau guêpier.

9

Oui, j'ai dit que j'en avais marre des soirées pleines de paillettes et de tape-à-l'œil. Mais cette nuit, c'est dans un des lieux les plus branchés de la capitale que nous allons faire la fête. Et accompagnée de Sarah et Jérémy, ça va être la folie !

J'hésite devant ma penderie... un slim confortable pour danser comme une effrontée, ou une petite jupe en cuir pour mettre ma ligne en valeur. J'opte pour la jupe, avec un chemisier en dentelle blanche ajourée. Légèrement aguicheuse, mais pas trop quand même.

J'ai entendu dire que ce lieu est gigantesque, sur les toits. Et qu'on y voit tout Paris. L'endroit où tu ne peux pas ne jamais être allé. Si j'ai bien compris, nos cartes de presse vont être des sésames pour entrer à coup sûr. Un pote de l'école de Jérémy lui a dit qu'il avait déjà essuyé trois fois le classique « désolé, ça va pas être possible » du videur. Du coup, Sarah et lui sont ravis de mes nouvelles relations.

On s'est retrouvés un peu après 23 heures dans le quartier. On a d'abord pris un verre dans un bar à proximité, afin de faire le point sur tout ce qu'on ne s'est pas encore raconté. Sarah a passé sa journée sur les bancs de Sciences-Po, à compléter son super carnet de recettes. Je sens qu'on va bientôt investir le studio de Juliette, sa sœur aînée, afin de savourer ses nouvelles expérimentations. Heureusement que sa sœur lui offre ce petit sas pour s'adonner à sa passion.

– Et t'as pas essayé d'en reparler à tes parents ? tente Jérémy. C'est quand même dommage. Tout ce temps perdu à faire un truc qui te gonfle.

– Tu parles… je leur ai fait un poulet aux écrevisses, le week-end dernier. J'avais eu une idée incroyable pour rehausser la sauce. Ma mère a bougonné, comme si j'étais une concurrente… Et mon père m'a félicitée d'avoir une passion dans la vie.

– Et tu n'as pas réussi à embrayer, demandé-je, lui coupant la parole.

– Si, je lui ai dit que c'était plus qu'une passion. Que je voulais en faire mon métier. Ouvrir un blog pour commencer. Et qui sait, un resto plus tard…

– Et alors ? crions-nous de concert avec Jérémy.

– Il a éclaté de rire et a dit à ma mère : « Cette môme est charmante. » Et il a changé de sujet.

Je regarde Jérémy avec insistance. Ne pas en rajouter. M. Mantoux est le type qu'on ne contrarie pas. Jamais. Qui a raison. Toujours. Je ne sais pas s'il est juste borné ou s'il veut à tout prix mettre ses enfants à l'abri, mais il n'y a pas de place pour aucune fantaisie dans leur vie. Et je pense que si Sarah voulait choisir une voie différente de celle qu'il a tracée pour elle… eh bien, il lui couperait tout simplement les vivres. Alors forcément, elle est coincée.

– Et toi, mon Jérem, quoi de neuf ?

– Bof, j'ai mal au dos…

– Comme d'habitude, quoi, le taquiné-je.

– Ouais, mais forcément, comme je passe mes journées assis à dessiner, ça aide pas.

Jérémy fait ses études dans une grande école d'architecture. C'est sans doute un des mecs les plus intelligents que j'ai pu rencontrer. Il a toujours une idée géniale, un projet. Par contre, il est super réservé. Sarah essaie sans cesse de lui tirer les vers du nez.

Je me lève et remets ma veste.

– Allons enflammer le *dance floor* !

Je m'attendais à en prendre plein les yeux. Mais c'est au-delà de ce que je croyais. Ce lieu est sublime et l'ambiance bat déjà son plein. Nous sommes comme trois gamins lâchés dans un magasin de bonbons. Tout est tellement attrayant qu'on ne sait pas où donner de la tête. La mâchoire de Jérémy est sur le point de se décrocher... je pense qu'il n'a jamais vu autant de nanas canon au mètre carré. Quant à Sarah, elle a décidé de nous traîner directement au bar. Vu le joli minois du serveur, je mettrais ma main à couper que c'est déjà de lui qu'elle a soif. Encore un que je ne serais pas étonnée de la voir ajouter à son palmarès.

– Tournée de mojitos, piaille Sarah. La première est pour moi, annonce-t-elle au barman en remuant ostensiblement les fesses.

– Vos désirs sont des ordres, réplique-t-il d'un air entendu.

Une main surgie de nulle part se pose sur mes hanches. Je me retourne brusquement, prête à en découdre avec le malotru qui se permet de me toucher ainsi. Louis. Avec son sourire

Ultrabrite. Alors que je venais de me jurer de sortir ce type de ma tête, voilà que mon corps m'envoie le signal inverse. Je le veux. Coûte que coûte, je le sais.

Je le présente à mes amis. Il se montre charmant et malgré la musique qui bat son plein, il parvient à échanger quelques mots avec eux. Sarah lui commande immédiatement un mojito. Et nous trinquons à la fête et à la jeunesse quasi insouciante que nous vivons. Je me demande à quel moment Louis va se faire la malle. Et quelle bimbo il va brancher et ramener dans ses filets. Je n'ai qu'une envie : qu'il me touche, qu'il me séduise. Pour l'instant, c'est plutôt compromis par Jérémy. Il n'a rien trouvé de mieux à faire que de se mettre entre Louis et moi. Je jurerais presque qu'il me sert de bouclier humain. Le meilleur moyen de contraception du monde. À chaque geste de Louis dans ma direction, hop, on trouve Jérémy. Étrange d'ailleurs que Louis ne lui manifeste pas la même animosité qu'à Andréa.

– Bon, Jérémy ! Et si tu allais remuer ton corps sur la piste ?

– Non, ma Nounouille, ton pote est super sympa ! Je vais pas vous planter là comme ça !

L'enfoiré ! Il a osé m'appeler comme ça devant Louis. Pourquoi cet idiot cherche-t-il à casser mon plan ? Il ne peut pas avoir cerné, en si peu de temps, si c'est un mec pour moi ou pas.

– Et puis, je prendrai bien un autre verre ! Ça donnera un prétexte à Sarah pour parler au barman.

Cette dernière n'essaie même pas de cacher son intérêt pour le beau blond qui n'a cessé de se déhancher derrière son bar, en secouant son shaker. Mais je ne veux pas rester là avec eux, moi. Heureusement, Louis nous sort de ce guêpier.

– Super ! Anna et moi, on va aller danser le temps que les verres arrivent.

Et il m'entraîne derrière lui, sans laisser à Jérémy le temps de trouver une parade. Arrivés sur la piste, il me serre contre lui et nos corps semblent avoir été créés pour s'accorder. Je me laisse guider et j'aime ça. Il me susurre dans l'oreille :

– Tu es divine... cette petite jupe... je ne rêve que d'une chose... te l'enlever.

Je suis incapable de répondre quoi que ce soit. Alors je reste collée à lui, afin que mes intentions soient les plus claires possible. Durant l'heure qui suit, nous alternons mojito à gogo et frottements lascifs sur la piste. Entre l'alcool et l'excitation, toutes mes barrières ont volé en éclat.

La musique est assourdissante, et les lumières des stroboscopes me font complètement perdre pied. Nous dansons collés l'un à l'autre. Nos mains se mêlent et nos bouches finissent par se trouver. Enfin. Avec une intensité qui me surprend mais ne me déplaît pas. Au contraire. Sa langue force l'entrée de mes lèvres. Il me mange littéralement la bouche. J'aime son ardeur. J'aime qu'il me désire à ce point.

Action, réaction. Il m'entraîne à sa suite. Je ne rêve que de longs baisers avec lui sur le *rooftop* surplombant Paris. Je ne le pensais pas romantique, mais après tout, je ne suis pas comme toutes ces filles qu'il emballe à la va-vite.

Bizarrement, il ne prend pas du tout la direction que j'escomptais. On ne va quand même pas quitter la soirée comme ça. Même si je sais qu'ils ne m'en voudront pas longtemps, je ne veux pas fausser compagnie à mes amis. Je pense un instant à le freiner, mais je crains qu'il change d'avis. Ce soir, c'est lui et moi.

Ce qu'il fait dépasse l'entendement. Il m'emmène dans les W-C. Sans se soucier le moins du monde des gens autour. Son pas assuré me laisse même penser qu'il sait précisément où il va. Et qu'il n'en est pas à son coup d'essai. Et pourtant je le suis, en mode automatique. L'excitation me fait chasser la petite voix dans ma tête. Celle de la conscience. Entre le démon et l'ange, je sais déjà qui va gagner ce soir. Il se fraie un passage et double des gens qui, de toute évidence, attendaient leur tour. Étonnamment, personne ne se plaint.

J'hallucine sur la taille de la cabine des W-C. Et pourtant, je suis persuadée qu'il n'est pas réservé aux personnes à mobilité réduite. Serait-ce pour que les gens puissent avoir la place pour s'envoyer en l'air ? Louis ne me laisse pas le temps de réfléchir. Il ferme la porte derrière nous et m'embrasse à pleine bouche, d'abord. Ses lèvres s'aventurent ensuite dans mes cheveux, sur mon cou. Des frissons parcourent tout mon corps. Il déboutonne mon corsage et mordille et lèche alternativement tout centimètre de peau entre mon épaule et ma nuque. Un léger gémissement m'échappe. C'est tellement bon ! Mon Dieu, on va m'entendre prendre mon pied ! Il libère un de mes seins de mon soutien-gorge et en gobe avidement l'aréole. Le léger grognement qu'il pousse ne laisse aucun doute sur le plaisir qu'il prend à découvrir mon corps. C'est alors que sa main s'insinue et remonte sous ma jupe. Il insère deux doigts entre mes lèvres. Je suis trempée. Il caresse ma vulve, frotte mon clitoris. J'en voudrais encore. Ses doigts s'aventurent aussi bien dedans que dehors. Il les retire et les porte à sa bouche, me fixant d'un air légèrement insolent.

– Tu es délicieuse, murmure-t-il.

L'idée de ce moment volé, presque au milieu de tout le monde, est grisante. J'aime cet avant-goût. À présent, je préférerais qu'on termine la soirée chez moi. J'ai envie que nous fassions l'amour au calme, sur mon lit, avant de s'endormir amoureusement dans les bras l'un de l'autre. Maintenant que nous avons bien joué, j'ai envie que nous filions loin d'ici. Histoire de passer aux choses sérieuses...

Mais Louis baisse son pantalon. Il est sérieux ? Il veut que je le suce ? Hors de question de me mettre à genoux ici. Question hygiène, c'est *no way* ! Mais j'entends un bref froissement. Il vient de déchirer l'emballage d'un préservatif, qu'il enfile sur son sexe prêt à exploser. En ai-je envie ? Non... Enfin, si. Mais peut-être pas ainsi. Étrangement, je pense à Sarah qui me dirait : « Anna, t'as qu'une vie ! Fonce, chérie ! » Louis m'a déjà retournée et serrée contre une des cloisons de la cabine. Il écarte mon string, vérifie d'un doigt que je suis toujours prête à l'accueillir. Et il me pénètre. Fort et profondément. Il saisit mes seins à pleines mains et commence un va-et-vient rapide et puissant. Je reconnais que j'adore. La situation, la position. Et la fougue. Je pourrais presque jouir... mais mon amant semble ne pas m'avoir attendue. Il est parcouru de spasmes. *Game over*...

– C'était extraordinaire, rhabille-toi mon ange.

Quoi, c'est tout ? C'est ça, notre première fois ? Une levrette dans des toilettes, un remerciement, et terminé... Bon OK, il m'a appelée « mon ange ». Ça compte, non ?

Le temps que je remette en place mes vêtements et mes cheveux, on entend un gémissement féminin de l'autre côté de la cloison. Puis la jeune femme dire assez fort pour qu'on l'entende « oh oui ! prends-moi fort ». La manière dont la porte se met à trembler est la preuve que son partenaire ne s'est pas fait prier. Cette boîte est un véritable baisodrome.

Nous ressortons de là, main dans la main. Je craignais d'être détaillée de la tête aux pieds en sortant de là. Il est évident que tout le monde nous a entendus. Et pourtant personne ne semble s'en préoccuper. Nous repartons en direction du bar. Nous n'y trouvons que Jérémy, qui remarque instantanément nos doigts enlacés. Je jurerais presque que ça ne lui plaît pas. Louis, de bonne humeur, commande une tournée. Il ne me lâchera pas la main de la soirée.

Pour ce soir, je décide de renoncer à le percer à jour. Ce mec, aussi envoûtant soit-il, est incompréhensible.

10

Je ne suis pas vaillante au réveil. Je sais pourtant que le rhum ne me réussit pas, comme la plupart des alcools forts, d'ailleurs. Et puis, je suis de mauvaise humeur, ce qui n'aide pas. On pourrait croire que je suis ravie du tour qu'a pris la soirée d'hier. Sauf qu'après la boîte, rien ne s'est passé comme prévu.

Comme il était tard, on a pris un taxi. Il m'a demandé mon adresse, qu'il a donnée au chauffeur. Je l'ai trouvé culotté. Il s'invitait chez moi. Sans même m'avoir consultée. Mais j'avais super envie de dormir avec lui. De dormir contre quelqu'un, pour être tout à fait honnête. Je pense que ça me ferait du bien, que quelqu'un me serre dans ses bras. Depuis que j'ai découvert mon adoption, je me sens terriblement seule. Comme si on m'avait arraché mes racines. Et que je flottais, à la dérive entre deux mondes. Sans bien savoir où est ma place. Ni qui m'aime vraiment.

Arrivés devant chez moi, il a ouvert la portière, est sorti de la voiture. Il m'a tendu la main pour m'aider à en sortir à mon tour. Il a déposé un baiser léger, presque chaste, sur mes lèvres et a chuchoté un « Repose-toi bien. On se voit demain », avant de remonter dans le taxi. J'étais encore sur le trottoir, incrédule, quand j'ai vu le véhicule disparaître au premier coin de rue.

Alors forcément, ce matin, je ne suis pas certaine de ce qui m'a collé cette gueule de bois. L'excès d'alcool ou d'avoir été plantée là sur le trottoir. Je vois que Sarah est connectée sur WhatsApp, je vais lui passer un coup de fil. Histoire de voir comment s'est terminée la sienne, de soirée.

Le premier bruit que j'entends quand elle décroche est un bâillement tonitruant.

– Oh, ma Nanna, comme je suis contente de constater que tu es toujours vivante !

– T'as pas l'impression d'exagérer, là ?

– Je ne t'ai pas vue partir. D'un coup, plus d'Anna, plus de Louis. Et s'il avait été un dangereux *serial killer*. Et qu'il t'avait découpée en rondelles…

– Tu dis n'importe quoi. On t'a cherchée au bar, mais tu n'y étais pas.

– Et pourtant, je pense que je n'étais pas bien loin de toi, dit-elle en commençant à pouffer de rire.

– Je comprends pas.

– Je suis certaine que c'était toi, dans les toilettes hier soir.

Ces gémissements dans la cabine à côté de la mienne hier, c'était Sarah. Avec le barman. Cela ne m'étonne pas plus que cela. Néanmoins, la perspective d'avoir presque fait l'amour dans la même pièce que ma copine me met mal à l'aise.

– Vous aviez l'air d'envoyer du lourd, dis-moi. Dire que je t'imaginais plus réservée, dans le genre loveuse, continue-t-elle, littéralement pliée de rire.

– Ouais, c'est plutôt mon style, d'habitude. L'intimité et le lit douillet. Je n'ai rien vu venir.

– Par contre, je pense que tu l'as senti passer...

– Sarah, j'ai pas super envie d'en rire, en fait. Il m'a prise debout dans les chiottes d'une boîte. Question *love story*, je pense qu'on va pouvoir repasser.

– T'as toute la vie pour baiser dans ton lit. Un jour, en plein missionnaire, tu te prendras à rêver de la fois où on t'a culbutée contre la porte des W-C d'une boîte.

Elle n'a peut-être pas tort. Et puis, si ça se cantonne à cette expérience, je n'aurai plus qu'à rayer les Gémeaux de ma liste.

– Et toi, alors ? Ce barman ?

– On est allés à son appart à la fermeture de la boîte. Je rentre à peine. D'ailleurs, j'ai dit à mes parents que j'ai dormi chez toi.

– Et ils ont gobé ?

– Ils te donneraient le bon Dieu sans confession... Il te suffira de valider s'ils mettent le sujet sur le tapis...

– Sarah, un jour, ça va te retomber dessus.

– Oh, ça va, je suis majeure... Bon, je vais me secouer. J'ai cours dans moins d'une heure. Et j'ai autant envie d'y aller que de me retirer un ongle d'orteil à la pince à épiler.

La reine de la métaphore. Je regarde l'heure et décide de m'activer également. À ce rythme-là, je vais louper les meilleurs défilés de la journée.

Moins d'une heure plus tard, je suis au milieu de la foule des autres photographes. Il me faut des clichés à couper le souffle. Je dois réussir à y imprimer ma patte. Et cette fois,

Henri ne pourra rien me refuser. Ni un sujet qui m'intéresse, ni un pourcentage sur la vente de mes photos. C'est ça aussi être stagiaire. C'est apprendre à sortir les crocs.

C'est alors qu'on m'attrape le poignet, un peu trop vivement. Je me retourne brusquement. Je suis prête à montrer que la nouvelle Anna ne se laisse pas malmener ainsi. C'est Louis, un sourire illumine son visage. Et sans aucun artifice, il m'embrasse sur les lèvres. Devant tout le monde. Je ne sais pas ce qui rentre en ébullition le plus vite : mon cœur ou mon cerveau. S'il s'expose ainsi avec moi, cela signifie-t-il quelque chose ? Suis-je sa petite amie ? Mais Louis ne me laisse pas le temps de lui extorquer cette information.

– Viens, j'ai une surprise pour toi.

J'ai envie de lui signifier que nous nous éloignons du défilé, mais il semble tellement déterminé que je me contente de le suivre. C'est dans les coulisses qu'il m'entraîne. J'ai l'impression, une fois encore, qu'il connaît tout le monde. Tous les trois pas, il s'arrête pour faire une bise à l'une, un compliment à l'autre. Comme à son habitude. Enfin presque, car à ma plus grande surprise, chacune de ses pauses est ponctuée d'un « Je te présente Anna, ma petite amie ». Voilà qui répond de manière assez pertinente aux questions que je me posais quelques minutes avant. Je devrais en tirer un plaisir immense, une fierté même. Je suis la copine officielle du beau Louis Mallet. Et il m'annonce en tant que telle. Je suis certaine que je vais en faire crever plus d'une de jalousie.

Et pourtant... il ne m'a rien demandé. J'ai envie de lui rappeler qu'il m'a juste baisée la veille dans des toilettes de boîte de nuit. *Anna, Anna, quel vocabulaire !* fulminé-je. M'a-t-il seulement demandé si je souhaitais davantage que ce moment de folie ? Avais-je vraiment envie d'être étalée ainsi aux yeux de tous ? Et si j'avais décidé, moi, que tout ceci devait rester une aventure d'une nuit ? D'une fraction de nuit, d'ailleurs, si on veut être précis. Certes, je ne raffole pas des histoires sans lendemain. Mais il n'en sait rien. Il n'a même pas cherché à connaître mon sentiment là-dessus. Merveilleux ! S'il devient le père de mes enfants, on va devoir éviter le récit de notre première fois. *Anna, tu divagues, ma fille !*

C'est un « Dis donc, tu ne t'embêtes pas », pourtant murmuré à Louis par une des habilleuses, qui me remet les pieds sur terre.

– Je me suis dit que tu préférerais voir ce qui se cache en arrière-plan, me confie-t-il à l'oreille.

C'est pour cela que tu m'as offert une première fois dans les toilettes... parce que j'aime l'arrière-plan. Je continue à bouillir à l'intérieur et pourtant, je m'entends lui répondre.

– Oh, c'est une excellente idée ! Merci !

Je suis excitée à l'idée de voir l'envers du décor, tout ce monde sans fard. Voilà ce que je vais montrer : la face cachée des mannequins. Qui sont-elles en dehors des lumières ? Qui se cache derrière le fard et les habits de gala ? Henri, tu vas en prendre plein les yeux.

– On se rejoint à 13 heures ? propose mon petit ami autoproclamé. Je déjeune avec Nina et elle aimerait que tu te joignes à nous.

J'accepte aussitôt, flattée à l'idée que Nina Knox me convie. Mais aussi pour qu'il me laisse respirer et bosser.

Je n'ai pas vu filer la matinée et Louis a dû venir m'arracher au reportage que j'étais en train de monter. C'est une tout autre ambiance de l'autre côté du rideau. C'est du stress, de l'énergie, des rires. Même si parfois, je les ai sentis forcés. Pour essayer de relâcher la pression. En effet, tout doit être parfait, chaque tissu doit tomber au bon endroit, au millimètre près.

– Allez, ma belle, remballe ton matériel, on va être en retard.

Je ronchonne mais je me laisse embarquer. Je succombe clairement à sa bonne humeur et à ses yeux enjôleurs.

Quelques minutes plus tard, nous rejoignons Nina dans un resto assez cosy à quelques pas du défilé. C'est une très belle femme. La petite cinquantaine, pas une ride apparente. Au moment où elle se lève pour nous accueillir, je constate qu'elle est bien plus grande que moi. Cheveux courts, bruns, frange plaquée par un peu de gel, d'un côté du front, elle me fait penser à cette ancienne mannequin brésilienne, qu'on voit donner des conseils de mode sur une chaîne à grande audience. Un mélange de beauté et de classe.

– Anna, je suis tellement contente de te rencontrer. J'espère que Louis prend bien soin de toi.

J'ignore si elle parle du rôle d'accompagnateur qu'il est censé remplir, ou si elle nous a vus arriver main dans la main. Je décide d'embrayer sur le sujet de la Fashion Week.

– Oui, son aide est précieuse. Grâce à lui, toutes les portes s'ouvrent. Aujourd'hui, j'ai même pu aller photographier les coulisses du défilé. Et j'ai adoré ça.

– J'imagine que c'est plus en accord avec ce que tu photographies habituellement.

J'hallucine, elle sait ce que je fais. La grande Nina Knox connaît mon travail. Je tente de ne pas m'enflammer. Après tout, rien ne dit qu'elle aime. C'est peut-être juste de la curiosité après qu'Henri m'a refilé en baby-sitting.

– Oui, c'est vrai que la mode, c'est une grande première pour moi. Mais j'ai encore très peu d'expérience, et donc plein de premières fois à vivre.

Le petit rire qui échappe à Louis laisse supposer que mes paroles sont ambiguës.

– Alors pas trop difficile de travailler sous la férule d'Henri ? Il n'est pas du genre à procurer des premières fois idylliques, dit-elle en riant.

– C'est vrai qu'il est particulièrement exigeant. Ce n'est pas simple tous les jours. Je ne suis pas certaine qu'il apprécie trop mes clichés. Mais je suis persuadée que je vais beaucoup apprendre à ses côtés.

Nina sort une bouteille de vin blanc d'un seau posé à côté de notre table et me demande si j'en veux un verre. Elle nous sert toutes les deux, Louis se contentant d'eau gazeuse. Un petit silence s'installe. Elle fait mine de déguster mais je la soupçonne d'être en train de peser ses mots.

– Ce vin est très doux. Je me suis permis de commander un assortiment de tapas. Louis adore ça, et je me suis dit que ce serait bien le diable si tu ne trouvais pas ton bonheur dans tout ce que j'ai commandé.

En effet, le serveur dépose sur la table une farandole de mets qui semblent plus exquis les uns que les autres. J'ai bien fait de ne pas mettre un slim aujourd'hui…

– C'est un excellent choix, Nina. Merci.

Je trouve Louis particulièrement silencieux, et pourtant on sent dans les regards qu'ils s'échangent qu'une complicité de longue date existe entre eux. Comme s'ils n'avaient pas besoin de se parler pour se comprendre.

– Tu devrais la voir ! Elle fait sa modeste, mais elle est comme un vrai poisson dans l'eau, finit-il enfin par prononcer. Elle mitraille sans cesse.

– Oui, enfin, cela ne garantit pas que mon travail soit à la hauteur des attentes d'Henri, ne puis-je m'empêcher de dire, le regrettant aussitôt.

Nina tousse un peu. Simple coïncidence ? Je pense surtout qu'elle m'évite de m'aventurer à trop critiquer mon boss.

– Anna, toi aussi, tu dois lui laisser une chance. Je connais Henri depuis des années, c'est un homme secret, difficile à cerner. Mais une fois qu'il accorde sa confiance – et son affection – il est d'une rare fiabilité.

Je ne vais pas lui dire que depuis qu'il m'a roulée avec la revente des photos de Caracas, je suis à deux doigts de le détester. Cela ne ferait pas avancer mes affaires.

– Louis, je sais que ta mission est de faciliter la vie d'Anna. Mais j'espère que tu as réussi à me ramener de la matière.

Et voici mon Louis – oui, je sais, j'ai mis un possessif devant son prénom – qui se lance dans un récit à la limite de l'épique. Si on l'écoute, on peut penser qu'il a bravé la Fashion Week au péril de sa vie. Néanmoins, je dois reconnaître que s'il se la joue théâtral, il n'a pas chômé. Il sort un petit carnet en moleskine dans lequel il a griffonné plein de choses et glissé des cartes de visite.

Nina est aux anges et ne cesse de le féliciter.

– Avec sa bouille d'amour, personne ne peut lui refuser quoi que ce soit. Du Louis tout craché, il claque des doigts, et hop, c'est dans la poche.

Il faut les voir tous les deux… Elle flatte et il fait la roue. Sa manière de chercher l'approbation et les compliments de sa patronne me laisse perplexe. Ils sont très proches. Nina annonce qu'elle nous rend notre liberté, déclarant qu'on s'est assez reposés.

– Anna, je t'attends chez *Bad Girl* ce soir, après les défilés. Je te ferai visiter nos locaux.

La manière dont elle lance cette invitation, bien que cordiale, est révélatrice : on ne dit pas *non* à Nina Knox.

11

Enfin ! Henri a validé mes derniers clichés. Ceux sur les coulisses. Il m'a gratifiée d'un long mail et vu son degré d'amabilité habituel, son « on dirait que le métier commence à rentrer » est presque aussi excitant qu'une nomination aux Awards de la meilleure photo. Ce qu'il ne sait pas encore, c'est que je ne lui ai pas donné tous les clichés, que j'en ai quelques-uns en réserve… et que je compte bien les monnayer avec lui. Il m'a eue une fois, je vais lui montrer que j'apprends de mes erreurs et que, grâce à lui, en effet, le métier est en train de rentrer.

L'après-midi se passe sans qu'il n'y ait grand-chose à signaler. Je n'ai pas vu Louis. Nina, ayant besoin de lui et m'ayant trouvé très bien intégrée, l'a retenu sur des dossiers à boucler. J'ai croisé Andréa qui m'a confirmé qu'il espérait me voir le lendemain pour son propre défilé. J'ai réussi à négocier qu'il me donne l'exclusivité sur ses coulisses. J'aurais aimé que nous ayons davantage de temps pour échanger, mais je l'ai trouvé très stressé et incapable de tenir en place. Même Inès avait l'air tellement affairée que je me suis demandé si je n'étais tout simplement pas en dehors de cette journée. Pourtant, je ne me sens ni fiévreuse ni particulièrement stressée. Peut-être un peu lassée et blasée. Je pense que je préfère la photo d'investigation.

Je m'isole dans un recoin pour essayer d'appeler Sarah mais je tombe sur son répondeur. Elle est sans doute en cours. Le portable de Jérémy sonne dans le vide. Je n'ai pas réussi à le joindre depuis que j'ai quitté la boîte avec Louis. Va savoir combien de temps il va jouer aux abonnés absents. C'est sa manière d'agir quand quelque chose le contrarie : il plonge la tête dans le sable.

Le rendez-vous avec Nina au siège de *Bad Girl* risque donc d'être le meilleur moment de la demi-journée. Enfin quelqu'un avec qui parler. Même si j'ai trouvé étrange cette invitation qui n'en a que le nom. Je n'aime pas cette détestable impression d'avoir été convoquée, sans trop comprendre la raison. Ni même ce qui me pousse à y aller, en réalité.

Un jeune homme à l'accueil s'enquiert de mon identité, décroche son téléphone et se contente d'un laconique « Votre rendez-vous est arrivé ». Il m'indique un fauteuil et m'invite à m'asseoir le temps que l'on vienne me chercher. De longues minutes s'écoulent pendant lesquelles je feuillette des magazines de mode mis à disposition sur une petite table. Après avoir répondu à un coup de téléphone, il s'approche de moi.

– Je peux vous offrir une boisson chaude. Nina s'excuse, elle a un travail urgent à terminer avant de vous recevoir. Thé, café ?

Je choisis un thé aux agrumes, sans sucre. Et je ronge mon frein. Je n'aime pas tellement qu'elle se permette désormais de me faire poireauter, un temps indéfini, en plus. Cela me donne la désagréable impression d'être à sa disposition. Certes, j'ai prévenu Henri que j'y passais, histoire qu'il n'imagine pas que je me la coule douce. Il a même été très enthousiaste : « Cette femme est incroyable ; nourris-toi de ses conseils. » Décidément, ils s'aiment ces deux-là. Il ne leur manque plus que d'adopter un chaton ensemble et le tableau de famille sera parfait. Le siège de *Flash* n'étant pas trop éloigné de celui de *Bad Girl*, je me demande si je ne vais pas me fendre ensuite d'une petite visite à ce cher Henri. Histoire de lui déposer directement mes photos et de lui parler affaires...

Tiens, encore un énième message d'Andréa. Son défilé approche et son stress est à son maximum. Il tient à être sûr que je serai bien là, que tout se passera sans accroc.

Je lui répondrai tout à l'heure : Nina vient d'arriver. Elle est très souriante et pour autant, j'ai l'impression qu'elle porte un masque de cire. Pas très naturelle, la reine de la mode.

– Anna, je suis désolée. Le temps a passé plus vite que prévu et je devais absolument boucler une commande. Et il y a des choses qui n'attendent pas...

À la fois, je comprends parfaitement et à la fois, j'ai l'impression désagréable de me trouver reléguée au rang de chose... qui, elle, peut attendre.

– Je vous en prie, Nina. Et merci pour cette invitation, plutôt inattendue.

Elle me fait entrer dans son bureau. Celui-ci est parfaitement à son image. Sobre et terriblement classe à la fois. Des murs blancs, ornés de deux tableaux contemporains. Des meubles laqués aux lignes très épurées. Elle m'invite à m'asseoir face à elle, dans un fauteuil des plus confortables.

– Je connais Bob et Henri depuis de nombreuses années. Alors si je peux aider à la formation d'une jeune photographe pleine de talent, en lui donnant quelques conseils sur la photo de mode, c'est avec grand plaisir.

Mais oui, brosse-moi dans le sens du poil. Pleine de talent. Il est évident que ce n'est pas Henri qui lui a fait un tel compliment. Quant à ce que pense Bob de mon travail... on ne peut pas dire que j'aie eu affaire à lui depuis le début de mon stage. Je suis surtout la fille à papa, à laquelle on a refilé un stage pour l'occuper.

– J'ai de la chance qu'autant de fées se penchent sur mon berceau, ajouté-je, avec un brin d'ironie.

Elle se baisse et saisit une bouteille d'eau, qu'elle me tend. Je décline. Elle dévisse alors lentement le bouchon et s'offre deux ou trois gorgées avant de me répondre.

– Je te souhaite un avenir plus prometteur que celui de *La Belle au bois dormant*. D'autant que les princes charmants ne courent pas les rues à notre époque.

Fait-elle référence à Louis ? Elle n'a pas du tout commenté notre arrivée main dans la main, hier. À tel point que je me demande si elle s'en est aperçue. Pas qu'on ait tellement à lui demander l'autorisation. Mais j'imagine bien ça ne faisait pas partie de ses ordres de mission.

On échange quelques propos sur mon stage, elle me parle des ficelles du monde de la mode. Mais une petite alerte sonne à l'arrière de ma tête. Je sens bien que je ne suis pas là pour ça, et je ne vois pas trop où elle veut en venir. Ça sonne faux, de son sourire figé à l'intonation de sa voix. Et au moment où je ne le sens pas venir, sans aucune transition, elle me balance ce qui doit la titiller depuis plus de vingt-quatre heures maintenant.

– Anna, je vous ai vus hier.

– Vous nous avez vus ? Oui, on a déjeuné ensemble.

Réponse un peu idiote, j'en conviens. Mais elle m'a prise au dépourvu. Instinctivement, je me triture l'oreille.

– Anna, j'ai vu que vous vous teniez la main et je voulais te mettre en garde.

– Contre quoi ? C'est interdit dans le code de déontologie de la presse ?

– Je sais, j'ai l'air de me mêler de ce qui ne me regarde pas, mais...

– Au moins, nous sommes d'accord sur un point. Je ne veux pas avoir l'air de vous manquer de respect, mais mes relations intimes n'ont rien à voir avec le cadre professionnel.

Je m'épate moi-même du culot avec lequel je réponds à cette femme. Je sais qu'on m'a bien dit de ne pas me la mettre à dos, mais je trouve qu'elle s'accorde des droits qu'elle n'a pas.

– Anna, tu es une fille sensible. Et Louis, c'est un séducteur. Un vrai. Il aime afficher ses conquêtes. Sans doute de la même manière que tu peux avoir envie de montrer un nouveau sac à main.

– Vous ne savez rien de moi. Qui dit que je suis sensible ? Et que je ne peux pas être un beau sac à main...

– Le seul souci, c'est que tu vas rapidement rejoindre les autres dans un placard, afin d'être remplacée par un qui brillera davantage. Et qui aura aussi l'attrait de la nouveauté.

Je prends sur moi. J'en ai marre d'être traitée comme une gamine. Certes, je n'ai pas ses années d'expérience, et ça, dans de nombreux domaines. Mais cela ne l'autorise pas, ni elle ni quiconque d'ailleurs, à me faire des leçons de morale. Et pourtant, elle poursuit :

– Je crains que tu t'y brûles les ailes.

– Nina, merci de votre prévenance. Vraiment. Mais si tel est le cas, je m'en remettrai.

Elle se lève, mettant un terme à cette conversation. Néanmoins, elle ne semble pas fâchée. Elle arbore toujours le même sourire. Cette femme aurait-elle abusé du botox ? Ou est-elle juste une merveilleuse actrice ?

– Tu m'excuseras, je suis débordée. Mais j'ai prévenu l'équipe de ton passage. Même s'il est tard et que c'est un petit peu le rush, tout le monde se fera un plaisir de répondre à tes questions sur le magazine ou le métier.

Je sens qu'il est temps que je me lève. Elle me raccompagne jusqu'à la porte de son bureau et m'indique la sortie. Polie mais avare de précautions.

12

Me voilà de nouveau dans le hall, abasourdie de son audace à me donner son avis sur ma relation avec Louis, mais aussi à me congédier sans beaucoup de savoir-vivre. Je voudrais bien demander au monsieur de l'accueil de m'indiquer si des photographes sont disposés à parler métier avec moi. Mais je vais devoir attendre car il est au téléphone.

J'en profite pour récupérer le mien dans mon sac. Je constate que j'ai un nombre de notifications hallucinant. Mince... Depuis mon retour de Caracas, j'ai mis une alerte sur le nom de Carlos, afin de suivre les réactions éventuelles sur mon reportage vénézuélien. Voilà qui va me donner encore plus de raisons de me plaindre à Henri de ne rien m'avoir reversé des transactions qu'il a conclues. J'ouvre un premier lien et un léger cri s'échappe de ma poitrine. Non, c'est impossible. Si son nom a déclenché une déferlante de notifications, ce n'est pas grâce à mes photos. Carlos a été abattu. Dans une rixe entre bandes rivales.

Une boule dans ma gorge est en train de m'empêcher de respirer. Mes jambes ont cessé de me porter, et je me suis affaissée sur un des sièges de l'entrée. Carlos est mort. Certes, il manquait un peu de classe dans la manière de nommer les filles[1] et il avait contribué à me mettre dans le pétrin au départ. Mais derrière le truand malfaisant se cachait un homme généreux. Celui qui m'avait sauvé des griffes de Rodrigo, mais surtout celui qui aura contribué à lancer ma carrière. J'en pleurerais.

Il me faut quelques minutes pour encaisser la nouvelle. Je me décide tout de même à aller à la rencontre de l'équipe de ce magazine féminin. J'adore leur ligne éditoriale que je trouve particulièrement culottée. L'équipe n'hésite pas à aller dépoussiérer tous les sujets tabous que les autres ont tendance à planquer au fond de leurs tiroirs. Leur meilleur article photo a été sur les règles. Des photos de femmes ayant leurs règles. Et attention, pas des mannequins. Mais des femmes de toute taille, toute origine. Des petites, des grandes, des rondes, des minces. Des photos magnifiques qui n'hésitaient pas à montrer non seulement le sang des menstruations, mais également les corps. Des vrais corps : avec des cicatrices, des vergetures. Des femmes en fauteuil roulant, d'autres ayant subi une mastectomie. Ce reportage m'a convaincue de m'abonner à leur journal. J'ai trouvé ça beau et engagé à la fois.

Je virevolte de bureau en bureau. Nina n'a pas menti, ma visite était attendue et chacun y va de son petit conseil, répond à mes questions. Si je n'étais pas déjà en stage, je me roulerais au sol pour qu'on me fasse une petite place ici. Tout le monde est sympa et les sujets traités varient du léger au sérieux. À l'image de la vie, en somme. La simple perspective de croiser Henri me fait éviter les locaux de *Flash* autant que

1. Dans le tome I, Carlos l'appelle *Pepa,* la chatte, au sens grivois du terme.

possible. Je devrais déclarer une allergie à ce type et le faire passer en maladie professionnelle. Et pourtant, j'apprendrais beaucoup si j'y passais plus de temps.

Au moment de quitter les lieux, mes yeux tombent sur un exemplaire de *Love & Zodiac*, en évidence sur le comptoir de l'accueil. C'est le guide sur les accords amoureux écrit par Florence Weiz, l'astrologue officielle du magazine. L'air de rien, je commence à compulser le livre. Je devrais peut-être me le procurer et le potasser. Et qui sait, je n'aurais peut-être pas besoin de tenter tous les signes pour trouver mon idéal. Alors, alors, où se cache l'homme Gémeaux ?

– Anna, tu es toujours là ! Tu as pu découvrir des choses sur notre manière de travailler ?

– Ah, Nina, oui, merci ! J'ai passé un super moment. J'étais sur le point de partir et ce guide a attiré mon œil. Je vais le commander dans la première librairie qui croisera mon chemin.

– Ah, mais s'il te tente, prends-le. Si, si, ça me fait plaisir. Tu me diras ce que tu as découvert sur Louis que je ne t'ai pas déjà dit.

Et vlan, prends-toi une couche supplémentaire, Anna... À se demander quel est le problème de cette femme. Elle se prend pour ma mère ou quoi ? Je me demande si je ne lui ai pas piqué son petit ami, en fait. Voilà, c'est limpide ! Elle est jalouse ! Nina a tout pour être une femme mature qui prend plaisir à initier les jeunes hommes. Et j'imagine que Louis n'a pas dû faire plus grand cas d'elle que des autres... Mais si elle prend la peine de me prévenir, c'est à coup sûr parce qu'elle craint qu'avec moi ce soit différent. Et si j'étais celle avec laquelle il avait envie de se poser. Il arrive toujours un moment où on a envie d'une relation stable et posée. Voilà, aie confiance en toi, Anna ! Ce mec a succombé et Nina l'a senti. J'imagine que ça ne doit pas être simple, passé la cinquantaine, de voir les hommes préférer des jeunettes.

Après l'avoir remerciée pour son cadeau, j'ai quitté les lieux, mon guide sous le bras. Arrivée chez moi, je me suis préparé un cappuccino et j'ai commencé à éplucher attentivement ce qui concerne l'homme Gémeaux.

Je râle copieusement car ce que j'y lis correspond parfaitement à ce qu'elle m'a dit de lui. Néanmoins, cela ne m'aide pas à déterminer quel peut bien être mon propre signe. J'aurais tendance à me trouver des affinités avec plusieurs signes, forcément en fonction de ce qui m'arrange de la personnalité décrite. Tour à tour, je suis une Cancer ingénue, une discrète Vierge, ou une Capricorne en quête d'affection. Ce que je lis des associations entre les signes n'est pas forcément très probant non plus. Autant chercher une aiguille dans une botte de foin… Ou embaucher un détective… mais ce serait rejeter la prédiction. Et plus les jours passent, et plus je suis convaincue que cette rencontre n'est pas seulement le fruit du hasard.

C'est alors qu'une idée bien plus simple que le détective germe dans ma tête. ! Prendre rendez-vous avec Florence Weiz ! Elle sera la plus calée pour dénouer les fils. Si tant est que ce soit possible. Et ça me coûtera sans doute moins cher qu'un privé. Je pianote sur l'écran de mon smartphone quand une notification m'annonce un message. Louis.

J'ai envie de toi.

J'ai à peine le temps d'avoir un avis sur la question, qu'un second arrive.

Tout de suite.

Accompagné de son adresse.

Voilà, il suffisait d'attendre. Il ne pouvait pas se contenter de brefs ébats dans un lieu public. Je vais mettre de jolis dessous pour l'occasion, une jolie jupe, légèrement fendue. Et en avant ! À moi la folle nuit d'amour !

13

C'est le cœur battant que j'arrive chez Louis. Je vais enfin le voir dans son intimité, loin des flashs et des paillettes. Et si, hors de tout ce qui brille, il était mon *Zodiac Boy* ? Si j'avais la chance insolente d'avoir déjà trouvé mon homme parfait, et par la même occasion qui je suis. Je n'arrive pas à me défaire de cette impression qu'il est ridicule d'avoir besoin d'un homme pour trouver qui on est. Mais bon, aux grands maux les grands remèdes. Si c'est une clé pour déterminer quand je suis née, aucune solution n'est trop extravagante. Je suis prête à emprunter toutes les pistes, aussi caillouteuses – et saugrenues – soient-elles.

Je n'ai pas eu le courage de reprendre le métro après cette longue journée. Et puis je ne voulais pas risquer que ma tenue attise les regards et me sorte de ma petite parenthèse magique. Alors j'ai appelé un chauffeur privé qui m'a déposé au pied de l'immeuble de mon nouvel amoureux. Je peux bien l'appeler ainsi, non ? Je fais défiler fébrilement les noms sur l'interphone. Mallet, ça y est. Je sonne et j'entends un laconique « Troisième étage ». Le voyant de l'ascenseur indique qu'il est au septième étage. Comme je n'ai pas envie d'attendre, j'emprunte les escaliers. Et puis, c'est bon pour la forme. Je gravis les marches avec beaucoup d'impatience, comme une midinette à son premier rendez-vous. Oui, en fait, c'est exactement ce que je suis.

J'ai à peine le temps de sonner que la porte s'ouvre et qu'une main me tire précipitamment vers l'intérieur. On dirait que Louis est aussi impatient que moi. Dès le hall d'entrée, on soupçonne un appartement classe, décoré avec goût. Sobre. À une exception près… la quantité de miroirs dans un si petit espace. Un goût Louis XIV ? On se croirait dans la galerie des Glaces à Versailles.

J'enlève ma veste, la lui tends et m'apprête à le remercier pour son invitation. Mais les SMS ainsi que la simple indication de l'étage auraient dû me mettre la puce à l'oreille. Louis n'a aucune envie de parler. La seule chose qu'il désire, c'est moi. Ou mon corps, si l'on veut dire les choses avec le plus de précision possible.

Sa bouche dévore la mienne avec avidité. J'ai également très envie de lui, même si je pensais qu'il me ferait réellement entrer chez lui dans un premier temps. Je me demanderais presque s'il a fermé la porte derrière moi. Il me gratifie d'un « Tu es divine » et recommence à happer ma bouche, puis mon lobe d'oreille. Il soulève mes cheveux pour lécher et mordiller tour à tour ma nuque. Il a gagné ! On a toute la vie pour visiter les lieux et se raconter des banalités. *Louis, entraîne-moi dans ton lit.* Je douterais presque de l'avoir prononcé car ce n'est pas du tout ainsi que les choses se poursuivent.

D'un geste sûr et sec à la fois, il retire ma jupe et ma culotte. Je mentirais si je disais que je ne suis pas désormais tout à mon désir. Il me soulève comme une plume et m'assied sur une petite console en teck. Il écarte mes cuisses, se recule et me gratifie d'un « Magnifique » aussi excitant qu'incongru. Je n'ai pas l'habitude de me faire reluquer le minou. Il se place à mes côtés et me désigne le miroir.

– Regarde comme tu es belle.

Je suis gênée, je n'ai jamais regardé ainsi l'intérieur de mes cuisses, encore moins un homme à mes côtés. Il commence à me caresser, tout en restant à la même place. Il semble vouloir que nous profitions ensemble du spectacle. Il humidifie ses doigts en me demandant de les lécher, puis il commence à caresser mon clitoris. Doucement d'abord, puis de plus en plus vite, faisant sauter le capuchon et me mettant le palpitant à cent à l'heure. Et il répète « Regarde comme tu es belle ». Je dois reconnaître que je ne me suis jamais vue jouir et que cela me transfigure. Il entre deux doigts en moi et commence une série de va-et-vient rapide et profonde.

J'ose un « Et si nous allions ailleurs », mais j'ai l'impression de l'avoir murmuré plus que réellement prononcé. Il ouvre un petit tiroir de la console dont il retire un préservatif. Il baisse son pantalon, déchire l'emballage et fait glisser la protection sur son sexe en érection. Je ne le verrai guère plus que l'autre soir... Face à moi maintenant, il se saisit de mes jambes qu'il dépose sur ses épaules. Il me pénètre avec fougue, ce qui m'arrache un soupir de plaisir. La position est profonde et multiplie les sensations. Certes, j'attendais de la tendresse mais ce que je ressens à ce moment précis est assez inédit dans mon petit parcours amoureux. Ce n'est pas avec mes précédents amants – Rodrigo mis à part – que j'aurais pu vivre des choses pareilles. Louis augmente la cadence. Je cherche à croiser ses yeux, mais les siens sont fermés. Cette étreinte manque tout de même cruellement de connivence. Voilà, je pense trop... Ce n'est pas ainsi que je vais parvenir à prendre mon pied. D'autant que lui me semble embarqué sur l'autoroute de l'orgasme. Et je ne m'y trompe pas. Quelques secondes plus tard, il jouit bruyamment, me disant une nouvelle fois à quel point il me trouve merveilleuse.

La frustration me guette mais je me console à la perspective de la longue soirée qui nous attend. Si les choses ont été rapides cette fois, je le forcerai à davantage prendre son temps, une fois qu'il aura rechargé les batteries.

– Anna, le sexe avec toi, c'est juste divin !

Je ne sais pas trop quoi ajouter car répondre à l'identique serait tout de même un énorme mensonge. Ce n'est pas ainsi que j'ai envie que nous fassions l'amour. En tout cas, pas à chaque fois. Comment vais-je pouvoir lui dire ? Et dois-je le faire ou plutôt le guider plus naturellement vers ce que j'aime ?

– Une petite douche et on file danser ? J'ai promis à des potes de les rejoindre. Tu vas les adorer.

Mais ce ne sera cependant pas pour ce soir.

Je n'ai aucune envie de sortir, ni de l'accompagner dans un endroit plein de bruit et de lumière. Je désirais seulement passer la soirée contre lui. Le temps de sa douche, je vérifie sur mon téléphone si j'ai reçu des messages. Je n'aurais jamais cru pouvoir dire ça un jour, mais un mail assassin d'Henri me sauve la mise. « Pas de nouvelles de toi. Aucune photo potable, c'est déjà la fin de ton petit sursaut de sérieux ? »

Ne pas l'envoyer balader... Ne pas l'envoyer balader... Je me demande si je ne devrais pas en parler à Robert. Je n'en peux plus de sa manière de me parler et de me traiter comme une gamine. Mais ça pourrait être interprété de travers et laisser entendre que j'essaie de jouer de mon « piston » pour avoir le dernier mot dans cette histoire. Finalement, Henri, c'est un peu comme Louis... j'ai tout à y perdre à me plaindre de l'inconfort de la situation. L'un comme l'autre me claquera la porte au nez.

Ces sous-entendus me mettent hors de moi mais ils me donnent l'occasion rêvée d'éviter la soirée et de rentrer chez moi...

14

J'ai donc décliné la virée en boîte avec Louis. Et il n'a même pas semblé plus déçu que ça. « Repose-toi bien, ma jolie, et bon courage avec ton boss. »

Oui, je suis une nana pleine de paradoxes. Oui, les mauvaises langues disent même que c'est un pléonasme pour une fille que d'en être bourrée. Je ne voulais pas y aller, mais ça aurait dû le chagriner de passer la soirée sans moi. Au moins quelques minutes... Cependant mon beau Gémeaux n'est pas ce genre d'homme. Une nouvelle lumière, et hop, le papillon est reparti vers d'autres cieux.

Son manque d'attention est loin d'être mon plus gros souci ce matin. Je suis rentrée, certes... mais une fois arrivée, je me suis accordé une pause canapé de dix minutes. Et je me suis lamentablement endormie, sans même avoir dîné. Ah, elle me semble loin la fille qui a arpenté Caracas avec des voyous ! Je ne sais pas comment font les reporters qui couvrent essentiellement l'étranger, et des zones à risque. C'est épuisant physiquement et émotionnellement. Et avec le recul, je ne suis pas mécontente de cette semaine plus au calme. Enfin, amoureusement parlant... si c'est moins dangereux, ce n'en est pas moins déstabilisant. Néanmoins, le club de mes ex ne me manque pas un instant.

J'espère passer entre les mailles du filet. J'enverrai une grosse salve de photos ce soir. En croisant les doigts pour que ça passe comme une lettre à la Poste. De toute façon, Henri n'est jamais content... ce qui ne l'empêche pas d'utiliser mes photos pour faire rentrer un paquet de fric au journal. Je pourrais lui faire un envoi ce matin, mais j'ai surtout envie de buller, de décompresser. Je n'ai finalement pas pris un instant pour moi depuis mon retour du Venezuela. Donc au réveil, entre trier des photos et passer des coups de téléphone, le choix n'a pas été cornélien. J'ai commencé par appeler Florence Weiz afin de fixer un rendez-vous. Et j'ai eu une chance insolente puisqu'un de ses créneaux s'étant libéré, elle peut me recevoir dès demain. Voilà qui n'aurait pas pu mieux tomber. J'ai enchaîné sur un coup de téléphone à Sarah, histoire de savoir si elle avait le temps pour un petit déjeuner. Elle a accepté de venir prendre le café, mais pas plus, son estomac ayant apparemment du mal à se remettre d'une sorte de marathon de la bouffe auquel elle s'est adonnée hier soir avec des potes.

Et en effet, c'est une Sarah au teint blafard qui vient sonner à ma porte une demi-heure plus tard. Après lui avoir servi un double expresso bien tassé, elle peut enfin me raconter ses avancées en matière de boulot. Voilà qui change, c'est souvent moi qui parle études et perspectives d'avenir, quand elle me relate par le menu ses rencontres amoureuses. Cette fois, les rôles s'inversent.

– Écoute, je sens que les choses progressent. Grâce à Lucas, tu sais le barman que j'ai rencontré l'autre soir, j'ai fait plusieurs rencontres intéressantes.

– Ah oui, vous étiez plusieurs dans le même lit ou tu as revu ce mec au grand jour, la taquiné-je.

– Oui, oui, on s'est revus...

– Tu as revu un mec avec qui tu as couché ? Sarah, t'es amoureuse ou quoi ?

– Anna, ferme-la, t'es chiante. OK, je compte le revoir, possible que je l'épouse. Tu seras même ma demoiselle d'honneur.

J'ai un moment d'arrêt. Et puis on éclate de rire toutes les deux. J'ai beau la connaître par cœur, elle arrive encore à me faire marcher quelques nanosecondes.

– En vrai, il est quand même super sympa. En fait, on est allés à une soirée organisée par des potes à lui. Ils sont tout un petit groupe à bosser dans les boîtes de nuit, l'événementiel, etc. Et Lucas m'a présentée comme le futur prodige du monde des traiteurs.

– Et du coup ? Y a des gens que ça intéresse ?

– Oui, j'ai donné mon numéro à une dizaine de personnes. Et si tout se goupille bien, je devrais être à la tête de deux réceptions d'ici la fin du mois.

– Mais c'est carrément génial !

– Oui, enfin, entre faire la cuisine aux potes et devoir assurer le banquet d'un événement, y a un fossé. Il me faut des gens pour m'assister et ça ne se trouve pas sous le sabot d'un cheval.

– Et vu notre peu de talent, tu ne peux compter ni sur Jérémy ni sur moi.

D'ailleurs, nous n'avons toujours aucune nouvelle de Jérémy. Sarah lui a envoyé un message avant de venir pour lui proposer de se joindre à nous, mais il n'a pas répondu alors que WhatsApp indique qu'il en a pris connaissance. On a l'habitude, on sait qu'il a ses « absences » par moments. On ne sait jamais trop s'il boude, s'il a besoin de solitude. Malgré toutes ces années à se fréquenter, il garde des parts d'ombre. Ça nous intrigue, mais on a appris à respecter son jardin secret. Ce qui est un exploit quand on nous connaît toutes les deux. « Laissez-moi tranquille, les Saranna ! » est la réponse qu'il nous fournit inlassablement quand on veut savoir quelque chose. Même si on voulait lui tirer les vers du nez, on s'épuiserait en pure perte.

– Et si on se pointait à son école ? Il doit bien avoir cours, suggère Sarah.

– Ouais, on pourrait même l'emmener déjeuner. Au pire, toi, tu commanderas une eau gazeuse.

Sarah me balance un oreiller, hilare.

– Je l'ai trouvé encore plus maigrichon que d'habitude, notre Jérem ! On devrait peut-être l'aider à se remplumer, continué-je.

– Tu exagères, il n'a pas un corps d'athlète certes, mais tout de même. Et il doit profiter des bons plats de maman, au moins le soir, dit-elle en se moquant un peu.

Mon téléphone sonne à ce moment-là. Robert Palaggi. Tiens, c'est assez inhabituel ! Un coup de fil du rédacteur en chef en personne. J'espère que c'est pour me féliciter de mes photos à Caracas. Je fais signe à Sarah de se taire. Je ne peux ni me permettre de louper cet appel, ni donner l'impression que je suis en train de m'amuser au lieu de bosser. Je me recompose un visage – OK, ça n'a pas grande importance au téléphone – et une voix la plus sérieuse possible.

– Robert, bonjour. Comment allez-vous ?

– Très bien, Anna. Je suis presque rassuré de t'avoir en ligne.

Je sens qu'il y a un malaise, un gros malaise.

– Évidemment, Robert, pour quelle raison est-ce que je ne vous répondrais pas.

– Dans la mesure où tu n'as pas envoyé ton travail hier soir et que tu n'as pas répondu à Henri te relançant...

–...

– Je me suis demandé si tu avais été kidnappée, renversée par un convoi d'éléphants, promue au ministère de la Mode. Ah, mince, ça n'existe pas, dit-il avec une ironie qui ne m'échappe pas.

Je ne peux rien répliquer, au fond il a raison. Je n'ai pas fait preuve de beaucoup de sérieux ces dernières heures. Mais Henri est tellement dur à mon égard.

– Oui, je sais mais je n'avais rien de vraiment percutant à proposer hier soir, placé-je d'une toute petite voix.

– Et cela t'empêche de prévenir Henri ? De répondre s'il te maile ou t'appelle ?

Quand on voit Robert Palaggi, on n'imagine pas que ce bonhomme de 52 ans est capable de parler aussi sèchement. Il y a un écart significatif entre ce qu'il dégage au premier abord et la volée de bois vert que je suis en train de recevoir. Celui que tout le monde – sauf moi – appelle Bob est un homme plutôt rondouillard et dégarni. Toujours souriant. On le prendrait pour un nounours inoffensif. Mais depuis qu'il a divorcé, il se dit que seul le travail – et ses deux fils – a de l'importance au quotidien. J'imagine qu'on ne construit pas un tel magazine si on n'a pas une poigne de fer. Et là tout de suite, il ne semble pas question de l'enrober dans un gant de velours.

– Oui, mais quand je lui parle, j'ai toujours l'impression qu'il s'adresse à moi comme à une fille à papa gâtée et sans talent...

– Je vais te sembler brusque, Anna. Mais si j'en juge la raison pour laquelle il vient de m'appeler, c'est exactement la manière dont tu te comportes.

– Mais...

– Et ne m'interromps pas, s'il te plaît.

Il se lance dans une longue diatribe me rappelant que je ne dois l'obtention de ce stage qu'à l'amitié entre mon père et lui. Certes, j'ai ramené de très belles photos de Caracas, mais Henri lui a rapporté que je suis revenue en catastrophe. Alors la revente de mes photos, ça compensait une partie des frais occasionnés par le changement de billet.

– Anna, le monde professionnel est impitoyable. Tu es stagiaire, on ne te doit rien. Par contre, on te forme, on prend du temps pour ça. Alors c'est toi qui devrais être reconnaissante. Henri n'est pas un monstre de patience, mais c'est le meilleur. Et lui demander de s'occuper de toi, c'est un cadeau que je te fais. Alors si tu veux qu'on te prenne au sérieux, sois à la hauteur. À la prochaine incartade, être la fille de Jim Wyle ne t'empêchera pas d'être virée.

C'est le monde à l'envers ! J'hésitais à me plaindre d'Henri, et voilà que je suis de nouveau sur la sellette... Non seulement je ne toucherai pas le produit de la vente de mes reportages, mais je risque de me faire remercier. Je ne suis pas certaine d'y arriver. Je devrais peut-être même laisser tomber. J'ai du talent, je le sais. J'aime la photo, c'est clair. Mais je n'ai pas la carrure pour m'imposer dans ce milieu.

15

Le moins que l'on puisse dire, c'est que l'enjeu de cet après-midi est monstrueux. Si je veux calmer Robert et Henri, j'ai tout intérêt à les bluffer. Et c'est quitte ou double. C'est aujourd'hui qu'Andréa montre sa collection, dans un petit hôtel dont il a privatisé une partie. Pendant la Fashion Week, il y a également de petits défilés dans des endroits plus modestes. C'est ce qu'on appelle le « off ». Il ne faut pas les sous-estimer, ils permettent souvent de faire des découvertes incroyables, de dénicher des nouveaux talents. Alors avec Andréa, j'ai peut-être une chance. S'il devient la nouvelle coqueluche de la mode, je pourrai me vanter d'avoir été présente lors de son premier défilé français.

Parmi tous les messages que nous nous sommes échangés depuis hier, il m'a octroyé un accès privilégié à son événement. À ce que j'ai compris, nous ne serons pas nombreux. Il prétend avoir voulu trier sur le volet les gens auxquels il a fourni une accréditation. Je ne peux m'empêcher de me demander si ce n'est pas surtout parce que sa marque n'a suscité que peu d'intérêt. D'autant que certains grands couturiers vont présenter leur collection aujourd'hui, et ce, dans des endroits plus prestigieux. J'ai même hésité sur le choix à faire, mais j'ai eu envie de donner sa chance à Andréa. J'espère que personne chez *Flash* ne me reprochera d'avoir déserté les grands podiums. Mais je gage que ce créateur fera parler de lui. Et ce jour-là, on dira qu'Anna Wyle y était.

J'arrive sur les lieux en avance, histoire de préparer mon matériel, voir les réglages lumière qui sont à opérer. Je suis très excitée par cette impression que ce défilé pourrait m'aider à faire des photos que d'autres n'auront pas. Et qui sait, clouer le bec d'Henri.

J'aime beaucoup l'endroit que je trouve très en accord avec la collection centrée sur le jean qu'il va présenter. De grands espaces, du mobilier en bois clair, une décoration épurée dans la veine scandinave. On sent que l'endroit n'a pas été choisi par hasard. Andréa a sans doute voulu donner une touche moderne et accessible à ce qu'il va présenter, loin des paillettes des grands défilés. Quitte à se démarquer, autant le faire carrément. Un éclairage très différent, plus naturel. Je suis ravie, c'est l'occasion rêvée pour avoir des photos différentes, de proposer à la rédaction quelque chose que personne d'autre ne pourra lui amener.

Une main se pose sur mon épaule. Andréa vient de sortir de nulle part, le sourire aux lèvres. Néanmoins, on voit qu'il est crispé. Et on le serait à moins. J'imagine que beaucoup de choses reposent sur la réussite de cette journée.

– Anna, mille mercis d'être venue ! Comme tu peux le voir, il n'y a pas énormément de journalistes. J'ai fait le pari de n'inviter que des influenceurs indépendants et quelques jeunes professionnels à ton image.

Dit ainsi, c'est très flatteur.

– C'est un super choix de lieu ! J'ai hâte de commencer à shooter. J'espère que mon boss sera conquis et que ces photos pourront te donner de la visibilité. C'est un enjeu de taille pour moi aussi.

– Si ça peut aider à te mettre dans les petits papiers de ton boss, je serai ravi d'avoir ma part là-dedans.

Il y a bien plus de monde que je ne l'aurais imaginé. La moyenne d'âge est peu élevée. Je me demande si c'est parce que c'est un jeune créateur ou parce qu'il a choisi de mettre en avant une matière davantage associée au prêt-à-porter qu'à la haute couture. Et je sais à quel point c'est difficile de débuter et de se faire une place quand on débarque dans un milieu.

À ce moment-là, Inès nous rejoint. Elle aussi a été invitée par Andréa. Aussi excitée que les autres fois où je l'ai vue, son téléphone semble être un membre à part entière de son corps.

– Et voici Andréa, le créateur du jour ! Andréa, as-tu quelque chose à dire à mes *followers* ? La pression monte, j'imagine !

J'en profite pour m'éclipser. Je n'aime pas trop les vidéos et je n'ai pas spécialement envie qu'on me filme tout de suite. D'autant que j'ai déjà reçu deux SMS de Louis s'étonnant de ne pas m'avoir vue. Je serais en train de rater les plus gros défilés de la semaine. Stress… angoisse… j'espère ne pas avoir fait le mauvais choix.

L'après-midi file à toute allure et mon appareil fonctionne presque en rafale. Même si je n'y connais pas grand-chose, j'adore ce qu'a proposé Andréa. Ses modèles allient la grande sobriété du jean à une touche d'originalité qu'il a su ajouter à chacune de ses pièces. Toutes les personnes présentes semblent s'accorder sur le sujet : ce jeune créateur a du talent et son défilé est une réussite. Je retombe sur Inès qui a des étoiles plein les yeux.

– J'ai fait un live, tu aurais dû voir le nombre de personnes connectées ! C'était hallucinant ! On m'a posé plein de questions. On a eu beaucoup de chance d'avoir une invitation. Les images sont en train de se répandre comme une nuée de poudre.

Elle me propose de faire un selfie, qu'elle met immédiatement sur son compte et qu'elle sous-titre : Anna, une des grandes photographes de demain. Quelques minutes plus tard, je reçois un message de Julien, le beau gosse barbu chez *Flash*, qui m'offre toujours des cafés. Il vient de voir cette photo sur Insta. Je n'en reviens pas de la vitesse de propagation des infos.

> Eh Anna, t'es photogénique ! Tu as assuré. Apparemment, y avait peu d'élus pour ce défilé. Je ne les montre pas à Henri. Il est capable de dire que tu n'étais pas au bon endroit.

Apparemment, je ne suis pas la seule à constater le manque de chaleur d'Henri... Néanmoins ce message me conforte dans mes choix du jour. J'irai voir Henri demain, après le rendez-vous avec Florence. Il a accepté d'attendre quand j'ai prétexté vouloir lui amener directement les photos. J'arriverai mieux à savoir ce qu'il pense de mon travail grâce à la réaction qu'il aura devant mes clichés. Andréa me cueille en plein milieu de mes réflexions.

– Anna, un apéro dînatoire, ça te dit ? Une partie de mon équipe et moi allons fêter la fin du stress. J'ai indiqué l'adresse à une petite poignée de personnes que j'apprécie. Et j'aimerais que tu te joignes à nous.

– Je ne peux rien te refuser.

Non, mais Anna, n'importe quoi...

– Enfin, je veux dire... ce soir. Enfin, après un défilé... enfin, tu comprends.

Je ne sais pas ce qui provoque cela entre la mine confuse que je dois afficher ou la pauvreté de mon vocabulaire, mais Andréa éclate de rire.

– Pas d'inquiétude, je ne comptais rien te demander de gênant, continue-t-il, le sourire aux lèvres. Un verre, de quoi grignoter. Et tout ça, au milieu de plein de monde.

– J'accepte donc, avec grand plaisir.

– N'hésite pas à proposer à ton petit ami de nous rejoindre. Je ne voudrais pas qu'il s'imagine que j'essaie encore de mettre le grappin sur toi.

D'ailleurs, il est temps que je réponde à Louis, qui m'a laissé plusieurs messages, aussi bien écrits que vocaux et auxquels je n'ai répondu que par un laconique « Je suis débordée, je t'appelle dès que ça se calme ».

Je m'éloigne de la foule de gens qui se pressent autour d'Andréa, soit pour le féliciter, soit pour essayer d'obtenir une image à ses côtés. Je sélectionne son numéro. Cinq sonneries, puis je suis renvoyée vers son répondeur. L'annonce d'absence que j'y entends me laisse supposer qu'il vient de la changer à ma seule intention : « Bonjour, vous êtes bien sur le répondeur de Louis. Je suis débordé. Je vous rappelle dès que ça se calme. » Anna 1 – Louis 1, la balle au centre. Qu'il boude, je ne laisserai pas même un tout petit message.

Je rejoins donc Andréa et nous nous dirigeons vers le lieu qu'il a sélectionné à quelques pas de là pour cet *afterwork* branché. L'endroit est bruyant mais très accueillant. Le patron des lieux nous salue à notre arrivée et nous indique l'endroit qu'il a réservé pour l'occasion. Andréa me prend par la main, l'air de rien, et m'entraîne à sa suite.

– Je veux à tout prix que tu restes près de moi. J'ai plein de questions à te poser.

Mon Dieu, mais qu'est-ce que cet homme veut savoir ? Il a lui-même insisté tout à l'heure sur le fait que j'ai un petit ami. Au sujet de la venue duquel il ne s'est pas davantage inquiété depuis. Mais je m'aperçois vite que son intérêt est surtout professionnel.

– *Flash* est un grand magazine, tu as de la chance d'y avoir été acceptée comme stagiaire. J'imagine que c'est le genre de chose qui valorise un CV. Tu as dû être reçue brillamment à tes examens pour que leurs portes s'ouvrent pour toi.

Ces paroles flatteuses devraient me transporter sur un petit nuage. Et pourtant, moi je sais ce qui m'a valu ce stage. Le nom de mon père. Ses relations. Et pourtant Andréa a parfaitement raison, j'ai décroché mon diplôme haut la main. Mais j'ai choisi la facilité. Je ne vais pas cracher sur les avantages de cette situation. Néanmoins, comment savoir si mon profil aurait pu intéresser une agence ?

Je lui fais donc la version allégée de ma collaboration avec *Flash*, espérant qu'il en déduise qu'il a sans doute le futur prodige de la photo à sa table.

– Et la moisson a été bonne aujourd'hui ?

– Je pense qu'elle a été très bonne, même ! Tu veux qu'on y jette un œil ensemble ?

Je sors mon appareil et fais défiler un certain nombre de clichés. Je suis satisfaite du résultat et j'ai hâte de les voir sur l'écran de mon ordinateur… et dans les magazines, forcément.

– En effet, j'adore la manière dont tu captes les regards des mannequins. J'ai l'impression que tu as parfaitement su coller à l'esprit de mon travail.

– Une alliance de classe et de modernité, le coupé-je, enthousiaste. En tout cas, c'est ce que j'ai ressenti.

– Et c'est exactement cela. C'est très difficile d'entrer dans ce milieu de la mode, quand personne ne te connaît encore. Alors j'espère que les réseaux sociaux vont aussi m'aider à ouvrir quelques portes.

– J'ai vu qu'Inès t'avait interviewé tout à l'heure.

– Oui, un live sur son compte Instagram. C'était super intéressant. On m'a posé plein de questions sur mon parcours, sur ma manière de travailler. D'un coup, on passe du travail assez solitaire de création à celui vertigineux de la mise en lumière.

– Et tu aimes ?

– Oui, mais je ne serai pas mécontent de retourner dans le calme de mon atelier.

Je le vois faire un grand signe de la main à quelqu'un. Inès vient d'entrer dans le bar et se dirige vers nous.

– Bon, ma présence ici relève du miracle, annonce-t-elle. Après le nombre de vues incroyable sur mon compte aujourd'hui, mon mec a accepté que je vous rejoigne à cette soirée.

– Génial, la soirée aurait été moins parfaite sans toi, ajoute Andréa.

Je suis contente qu'elle soit là, cette fille est un rayon de soleil. Elle fait tout ça pour le plaisir, sans arrière-pensée, le plaisir à l'état pur.

– Et les autres jours, tu as fait de belles photos aussi, Anna ? Tu es satisfaite de tes premiers pas dans le monde de la mode ?

– Oui, je pensais ne photographier que du tissu et je crois que j'ai réussi à capturer bien plus.

Je retire la carte mémoire et insère celle dans laquelle j'ai toutes les photos des mannequins dans les coulisses. Inès et lui s'extasient sur mon travail.

– C'est fou, dit l'influenceuse, ce que tu as réussi à faire ressortir. On reproche beaucoup aux mannequins haute couture de ne pas sourire, de sembler vides. Et là, tu nous montres l'envers du décor. Les rires, la bonne humeur. Une fois le défilé terminé, le stress se relâche et les gens redeviennent eux-mêmes.

Elle pointe une photo et continue :

– Et là, la grande tristesse aussi. À quoi pense cette femme ? Que doit-elle s'infliger pour rester belle, pour rester mince ?

En effet, on sait les polémiques qui grondent sur le poids des mannequins et leur minceur qui se fait maigreur. Mais ces photos, en effet, j'ai l'impression qu'elles montrent ce que l'on trouve quand on gratte un peu le vernis. Des êtres de chair et de sang, dans toute la palette de leurs sentiments.

Pour ne pas rester sur cet arrière-goût presque amer, nous enchaînons assez rapidement sur une conversation plus futile. Inès a demandé à Andréa quel est son genre de fille. On se met donc à parler séduction, relation de couple et harmonie. Les quelques verres que j'ai déjà avalés me délient la langue. Je les questionne sur l'importance qu'ils accordent à l'astrologie. Aucun des deux n'en fait grand cas. Inès s'amuse à lire l'horoscope dans des magazines hors d'âge lorsqu'elle attend chez le médecin, ou chez l'esthéticienne. Andréa, lui, ne connaît même pas son signe. Je lui demande sa date de naissance. Un Taureau de fin avril. Un Taureau comme Rodrigo... Non, ne pas se laisser gâcher la soirée avec ce souvenir. C'est encore si frais. Ce n'était finalement que la semaine passée. Et pourtant, on pourrait presque croire que c'était dans une autre vie. J'aurais sans doute dû me poser avant de tenter une relation avec Louis. Faire le deuil de cette relation sulfureuse, du danger que j'ai couru. Après tout, ce n'est pas une course de vitesse. S'il me faut dix ans pour trouver l'homme qui me convient, ce n'est pas si grave que cela. Une petite voix dans ma tête clame pourtant que j'en ai besoin pour savoir qui je suis. Ironie de devoir chercher quelqu'un d'autre pour se trouver soi-même.

Ce qui est certain, c'est que le bel Andréa s'annule de lui-même, grâce à son signe astrologique. Déjà tenté et définitivement pas pour moi.

Je rentre un peu ivre à la maison. J'ai une fois de plus choisi l'option VTC. Plus rapide et tellement plus confortable que le métro, surtout à des heures où j'ai toujours peur des mauvaises rencontres. Cette fois, hors de question de s'installer ne serait-ce que quelques minutes dans le canapé. Il faut que je fasse une sélection de photos, en espérant susciter suffisamment d'intérêt de la part d'Henri. J'allume donc mon ordi, me masse la nuque, me sers un grand verre d'eau glacée. En avant, on reprend ses esprits et au boulot.

Je récupère ma sacoche, que j'avais laissée dans l'entrée. Je m'assieds à mon bureau – enfin à ce qui en fait office, vu la taille de mon studio parisien –, pose l'appareil, en extrais la carte mémoire et la glisse dans mon lecteur. Mince, ce n'est pas la bonne. Je me souviens l'avoir changée pour montrer les photos des jours passés. Je reprends ma sacoche, fouille un instant. Pas de carte. Mince… Je fouille de manière plus approfondie. Toujours rien… Je pars à l'assaut des poches de tous mes vêtements. Rien, rien et rien. Merde, j'ai oublié cette maudite carte sur la table du bar ?

Je fais une petite recherche sur le Net pour trouver le numéro de téléphone du bar. Mais la serveuse qui répond à mon appel m'assure qu'ils n'ont rien trouvé sur notre table en la débarrassant. Mon cœur cogne dans ma poitrine. Je pourrais presque jurer qu'il va exploser. J'en ai des sueurs froides.

Je commence par appeler Andréa. Mais je tombe directement sur sa boîte vocale. Je laisse un message, en espérant qu'il me rappelle au plus vite.

Si je ne la retrouve pas rapidement, ma situation au sein de *Flash* risque de devenir sérieusement compromise.

16

La nuit a été agitée. Je me suis réveillée un nombre incalculable de fois. Sans doute car j'espérais trouver un message rassurant d'Andréa sur mon téléphone. Mais rien. Ni appel en absence, ni SMS. Et son profil WhatsApp indique qu'il ne s'y est pas connecté depuis la veille quand nous sommes sortis du défilé. Il n'avait peut-être plus de batterie. Néanmoins, je me dis que s'il avait retrouvé ma carte mémoire, il m'aurait appelée pour me rassurer. Je vois fondre l'espoir de la retrouver, comme neige au soleil. J'ai fait défiler toutes les photos non exploitées sur mon autre carte mémoire, histoire de trouver de quoi faire patienter Henri. Mais il n'y a rien de concluant. Et il va découvrir que ce ne sont pas les photos d'hier. Il reconnaîtra les créateurs et n'aura aucune peine à vérifier le jour des défilés. Bon, c'est indiscutable, je suis dans une galère sans nom !

Heureusement, ce matin, j'ai rendez-vous avec Florence Weiz. Cela devrait me faire gagner du temps. Je ne perds pas espoir qu'Andréa me fasse signe et que son silence ne soit dû qu'à la difficulté d'émerger d'une soirée trop arrosée. Oui, c'est la seule explication possible, je dois croire en ma chance. Le dénouement est proche et il sera en ma faveur.

Une heure plus tard, j'attends dans le cabinet de la célèbre astrologue. J'ai du mal à me concentrer sur mes attentes à ce sujet, tant celui de mes photos prend toute la place. Non seulement je risque de perdre mon stage, mais également le soutien de mon père. Comment réagira-t-il si Robert lui raconte notre entretien téléphonique auquel il aura le loisir de rajouter le fiasco du jour ?

Florence m'accueille avec un grand sourire. Je la trouve bien moins impressionnante que sur les photos que j'ai pu voir d'elle. Plus petite déjà. Plus naturelle sans doute aussi. Et sa simple manière de m'accueillir me donne l'impression qu'une partie du poids que j'avais sur les épaules s'est évaporée.

– Anna, bonjour. Je suis ravie de vous rencontrer.

– Bonjour. C'est moi qui vous remercie de me recevoir aussi vite.

– Vous avez eu de la chance avec ce rendez-vous qui s'annule juste avant votre appel. Si j'étais astrologue, je dirais que nos planètes étaient bien alignées, plaisante-t-elle.

Elle me fait entrer dans une pièce assez vaste et agréablement décorée. Je dois reconnaître que j'imaginais que ce serait un endroit digne des cabinets de voyante que l'on peut voir dans les films. Mais ici, aucune boule de cristal à l'horizon, pas de turban sur la tête ni de bagues démesurées aux doigts. Et je ne pense pas que j'aurai droit au massage comme lors de la consultation en Corée.

– Nina m'a parlé de vous. Comment se passe votre stage chez *Flash* ? C'est un très beau magazine, vous avez de la chance.

Eh oui, Anna, elle est astrologue, pas voyante.

– Ce n'est pas facile tous les jours. Justement parce que c'est un journal important. Donc les attentes me mettent de la pression. Mais je mesure ma chance.

– Alors, quel est le but de votre consultation ? En quoi vais-je pouvoir vous aider ?

Je lui raconte la découverte de mon adoption, tous les trous noirs autour de ma date de naissance, la prédiction du voyant coréen et mon début d'expérimentation.

– Ah oui, il y a de nombreux points d'ombre au tableau. Et je ne suis pas certaine de pouvoir les éclaircir tous. Néanmoins, il y a des choses que l'on peut mettre en place pour vous aider à mieux vous connaître. Parce qu'il me semble, et arrêtez-moi si je me trompe, que c'est ce qui motive réellement votre venue. Tenter de savoir qui vous êtes.

Elle a raison. Je me fais l'effet d'une plante sans racines. Toutes mes certitudes se sont effondrées. Et je ne sais pas trop où j'en suis. Cette quête « spirituelle » est aussi un moyen d'éviter de poser les vraies questions, celles qui font mal. J'évite soigneusement tout contact avec mon père. Et ce n'est pas non plus dans ses habitudes de jouer aux abonnés absents. Nous avons toujours beaucoup partagé tous les deux, notamment depuis le décès de maman. Notre petit rituel du thé à la Grande Mosquée de Paris me manque.

Mais cette découverte de l'adoption, c'est un peu comme si je l'avais perdu, et que maman était morte une seconde fois. Si je peux encore lui poser des questions, à lui – enfin, quand je serai prête à entendre toutes les réponses –, je n'aurai jamais l'occasion de connaître sa version à elle, ses sentiments à l'égard d'une enfant qui n'était pas biologiquement la sienne. Je vais devoir continuer à me construire avec ces données-là – ou plus exactement cette absence de données. Mais je crois que je ne suis pas encore en état d'affronter ce nouvel aspect de ma vie. Et ce périple astrologique, il est évident que ça me distrait du reste.

– En temps normal, j'aurais eu recours à des méthodes plus... rationnelles... mais cette rencontre en Corée m'a chamboulée.

– Oui, je pense que vous avez voulu y lire des signes.

– Et vous trouvez ça stupide, c'est ça ?

– Anna, déjà, loin de moi l'idée de porter un jugement sur votre réaction. Ensuite, dans la vie tout fait sens. C'est l'addition des choses qui fait ce que nous sommes, qui conditionne nos choix.

– Je ne suis pas certaine de vous suivre.

– Les signes en sont-ils vraiment ou pas ? Je n'ai pas de réponse scientifique à apporter à cela. Tout dépend surtout de la manière dont on a envie de les interpréter. C'est comme la pratique des tarots. On y croit ou pas. En attendant, c'est une manière très intéressante de prendre du temps pour se poser les bonnes questions. Et même de se forcer à agir. Certains tirages vont nous donner la force d'oser des choses que l'on pensait inaccessibles. Et je suis certaine que bon nombre de faits ne nous arrivent pas, tout simplement parce qu'on ne se permet pas de les vivre.

– Oui, mais séduire des hommes de signes astrologiques différents... est-ce réellement efficace pour déterminer mes origines ?

– Sans doute pas, si on regarde les choses du petit côté de la lorgnette. Mais qui dit que cette démarche n'est pas inscrite dans quelque chose de plus vaste qui vous dépasse encore pour l'instant ?

La réflexion de cette femme est à la fois d'une grande intelligence et d'une extrême limpidité. Je me demande d'ailleurs comment je ne suis pas parvenue seule à cette conclusion. Sans doute parce que les autres sont plus lucides, alors même que nous avons le nez trop près de ce que nous recherchons.

– Mais revenons à ce qui vous amène. Votre date de naissance. Malheureusement, aucune méthode fiable ne permet de retrouver cela. La date permet de définir un signe, un ascendant, de déterminer avec qui vous pouvez être compatible. L'inverse est bien plus compliqué, voire impossible. Retrouver votre signe, peut-être. Mais je crains qu'on ne puisse pas affiner autant que vous le souhaiteriez.

Je me contiens car je crois que je pourrais m'effondrer devant cette femme qui est presque une inconnue. Je m'accrochais à cela. La recherche du prince charmant couplée à celle de mon identité profonde. On se serait cru en plein conte merveilleux. Et il est bien là, le hic. Nous sommes dans la réalité et Florence n'est pas ma marraine la bonne fée.

Je pense que mon malaise est palpable car elle a rapproché son siège du mien et a pris mes mains dans les siennes.

– Anna, cela ne vous empêche ni de chercher à comprendre la prédiction de ce voyant, ni de vous connaître mieux. Néanmoins, en ce qui concerne le fait de trouver le partenaire idéal et d'en déduire votre signe, des choses sont envisageables. Ce ne sera pas simple mais pas inaccessible.

Elle m'explique alors qu'il va falloir que je collecte un maximum d'informations sur mes partenaires ; que je tienne un carnet, le plus précisément possible, et que j'y collecte toutes leurs réactions, tout ce qui colle ou non entre nous. Puis que je croise ce qui me convient, ce qui me rebute, ce qui me fait vibrer. Pour en déduire de quel signe je pourrais être. Tout en sachant que l'ascendant peut changer la donne. J'ai l'impression que j'aurais bien plus de chance de retrouver la fameuse aiguille dans la botte de foin...

Certes, je ne ressors pas de cet entretien avec les réponses que j'espérais. Néanmoins, Florence est une personne passionnante et m'a réellement donné envie de m'intéresser aux secrets de l'astrologie et à tout ce que ça peut me permettre d'identifier de ma personnalité et de celles des hommes qui vont sans doute croiser mon chemin.

Après avoir payé ma consultation et quitté les lieux, je consulte mon téléphone. Aucun message. De personne. Je m'attendais tout de même à une réponse d'Andréa. Même négative. Je tente de le rappeler mais j'arrive une fois de plus sur sa boîte vocale. Je vais peut-être le croiser aujourd'hui. Ou même Inès, d'ailleurs. Je n'ai pas envisagé un seul instant qu'elle ait pu trouver ma carte mémoire. Et comme nous n'avons pas échangé nos numéros de téléphone... Elle a peut-être tenté de me joindre via les réseaux sociaux. Je vérifie dans mes messageries diverses. Mais rien, même dans les invitations par message. Je commence à croire que le fruit de mon travail, ainsi que cette belle exclusivité viennent de s'envoler.

Le temps de mon trajet jusqu'au Grand Palais, je suis parvenue à me remotiver. Si je ne retrouve pas ces photos, il va falloir que je fasse des clichés de dingue aujourd'hui. D'une manière ou d'une autre, je dois terminer sur une note positive. Sinon, je ne vois pas comment je vais pouvoir rebondir. Comme d'habitude, le lieu grouille de journalistes en tout genre, les flashs crépitent de toute part. Cette ruche ne m'avait pas tellement manqué. Deux mains se posent sur mes yeux. *Surprise !* Louis, comme si de rien n'était, m'embrasse langoureusement. Et me dit qu'il espère qu'on va pouvoir passer davantage de temps ensemble aujourd'hui. Pas un mot sur le fait de ne pas avoir pu me joindre la veille, ni d'allusion à son magnifique message de répondeur d'hier... Cette relation est partie pour me gonfler et s'arrêter aussi vite qu'elle a commencé.

Rajoutons à cela une étrange impression. Louis et moi avons pris place parmi les autres photographes, afin que je puisse commencer à travailler. Mais quelque chose ne colle pas. On nous regarde de manière étrange. Je jurerais même que c'est surtout moi que l'on observe avec un petit air narquois... Ça chuchote, les yeux se font insistants. À croire que je suis en train de virer parano en plus. J'essaie de ne pas trop y prêter attention et de me concentrer sur mon travail. Mais ce n'est pas facile, d'autant que l'absence évidente d'Andréa et d'Inès me semble vraiment inattendue. Ni l'un ni l'autre n'a laissé entendre qu'ils ne comptaient pas être présents jusqu'à la clôture de la semaine.

C'est alors que Max, un mec de ma promo, s'approche de moi. Je ne l'ai pas revu depuis les examens. Seulement quelques semaines se sont écoulées, et pourtant j'ai l'impression que j'ai eu mon diplôme dans une autre vie.

– Eh, Anna ! Comment vas-tu ?

– Salut, Max ! Je suis contente de te voir ! Quoi de neuf ?

– J'ai été pris en stage par un magazine people. Alors j'apprends à traquer les gens, ricane-t-il. Enfin, ceux qui sont célèbres, tu ne m'en veux pas, hein ?

Je ne comprends pas trop bien où il veut en venir. Alors je décide de sourire et de balancer la tête, en signe d'approbation.

– Sympa ! Moi je suis en stage pour *Flash*, ils sont plus généralistes. C'est pas facile tous les jours, mais je m'accroche.

– De toute façon, je ne suis pas inquiet pour toi. Tu es aussi à l'aise des deux côtés de l'objectif, me balance-t-il avec un petit clin d'œil complice à Louis.

Décidément, je ne comprends rien à ce qu'il raconte. J'ai la désagréable impression qu'une partie de ce qui se trame ici est en train de m'échapper.

17

Je me suis transformée en Lucky Luke de la photo et j'ai pu envoyer un sacré nombre de clichés à Henri. J'ai prétexté avoir eu envie de lui proposer un éventail plus large et plus travaillé de photos. Je pense que ça a fonctionné car j'ai eu droit à un coup de fil.

– Bon, j'imagine que je vais devoir m'habituer à ton manque de régularité en matière d'envoi, commence-t-il.

– Henri, je suis désolée, mais...

– Anna, je ne te cache pas que ça ne me convient pas. Tu le sais, j'ai râlé auprès de Bob. Mais je dois reconnaître que ta série « sur scène/hors scène » est vraiment très belle.

Heureusement que je suis assise, car je crois que je pourrais tomber de ma hauteur, tant ce compliment est inattendu. Il reconnaît ma valeur ! Je ne pensais pas qu'il me complimenterait un jour. Je ne dis rien et préfère le laisser poursuivre, de peur de briser ce moment de grâce.

– Il y a une vraie profondeur dans les portraits que tu proposes. Et j'aime beaucoup les histoires qu'elles racontent. Ce qu'elles dévoilent. Mais...

Voilà, il y a toujours un os. C'était trop beau.

–... j'ai reçu une série de photos incroyables, tôt ce matin. Hier a eu lieu un défilé d'un tout petit créateur, qui allie jean et haute couture. L'idée est culottée et les photos extras. Je suis bluffé. Alors je vais miser sur ce reportage inattendu, dont personne ne semble avoir aucun cliché convenable.

Serait-ce possible que... évidemment... J'ai été roulée dans la farine, et en beauté. Maudit Andréa ! Voilà pourquoi il ne répond pas depuis des heures. Non seulement il a réussi à se faire photographier, mais en plus il me vole et revend les photos. Voilà de quoi payer les frais engagés pour se faire connaître. Quand je pense qu'il a le toupet de les proposer dans le magazine où je fais mon stage. L'enfoiré !

– Ah, et tu les tiens d'où ces photos ?

– C'est bizarre. J'ai été contacté par un intermédiaire, une sorte d'agent. Pas par le photographe lui-même, qui, apparemment, souhaite rester anonyme.

– Et tu ne trouves pas que ça sent mauvais, cette histoire ? Quelqu'un qui cherche à se faire un coup de pub ?

Mais il en faudrait plus que cela pour briser l'enthousiasme d'Henri qui flaire le coup juteux, grâce à une exclusivité.

– Tu as peut-être raison, c'est peut-être même un coup monté par ce créateur pour se donner de la visibilité. Mais dans le doute... entre l'exclu et la qualité des clichés, je vais y aller au culot, quitte à créer moi-même un buzz qui ne repose sur rien.

– Écoute Henri, tu vas avoir du mal à me croire mais ces photos sont de moi.

– Et c'est maintenant que tu me dis ça ? lance Henri, sur un ton sarcastique. En effet, je vais avoir du mal à gober ton histoire.

C'est dingue ! J'ai l'impression que ça sort d'un mauvais film de série B, tellement ça a l'air mal écrit. Et pourtant, je suis en train de le vivre.

– J'étais à ce défilé. Je te l'ai caché parce que je craignais que tu ne valides pas mon choix. Que tu me dises d'aller photographier des collections plus en vogue. J'ai passé la journée avec ce créateur, j'avais l'exclusivité. Et j'ai perdu cette carte mémoire, le soir même. J'ai voulu lui montrer mon travail. Et je ne sais pas comment j'ai fait mon compte mais...

– Anna, qu'est-ce que c'est que cette histoire à dormir debout ? Je pense que tu es surmenée. Demain, c'est dimanche. Prends ta journée. Je vais envoyer un free-lance à ta place.

Voilà qui m'apprendra à me la jouer perso, à cacher des infos pour monnayer mon travail. J'ai voulu rejoindre la cour des grands et de toute évidence, il me manque encore un peu de bouteille. Néanmoins, je ne peux m'empêcher de ressentir de la fierté. Andréa m'a dupée, mais c'est bien moi et pas une autre qu'il a choisie. Il avait confiance dans ce que j'allais réaliser. Et Henri n'a pas tari d'éloges non seulement sur ce que je lui ai fourni aujourd'hui mais également sur les photos volées. C'est rageant qu'il l'ignore mais c'est mon travail qu'il vient d'encenser une fois encore.

Je ne vois cependant pas comment je pourrais confondre cet imposteur et récupérer mes photos. Je ne peux pas admettre aussi facilement que j'ai été dépouillée. Mais de là à remettre la main sur cette ordure et à prouver qu'on m'a dérobé le fruit de mon travail. J'ai beau tourner ça dans ma tête dans tous les sens, aucune idée de génie ne me vient. Et les compliments reçus ne suffisent pas à me faire relativiser. De mon point de vue, c'est une semaine gâchée. Professionnellement parlant en tout cas.

D'ailleurs, quel bilan puis-je établir sur le plan personnel ? Je suis mitigée, Louis est un garçon diablement attirant mais je n'arrive pas à le cerner. Ni à mettre un mot sur notre relation. Il me présente comme sa petite amie, mais nos deux rapports sexuels à la hussarde ne m'ont pas convaincue. Et niveau partage humain, eh bien, c'est le désert. Qu'avons-nous échangé ? Nous n'avons passé aucun moment à deux, échangé sur rien. Je n'appelle pas ça « être en couple ». Deux solutions s'offrent à moi : soit je romps immédiatement, soit je le pousse dans ses retranchements et je tente de voir si quelque chose peut se créer entre nous.

Je vais tenter la deuxième solution. Si ça échoue, je pourrai toujours revenir à la première. Si ça fonctionne, je gagnerai peut-être un câlin. Et j'avoue que là, tout de suite, je ne serai pas contre une source physique de réconfort. Rien de plus simple que le SMS pour tenter une approche, d'autant que je ne l'ai pas revu depuis le défilé.

Anna : Coucou, tu es chez toi ?

Louis : Oui, tu veux passer ?

Anna : Je voudrais même rester un peu…

Louis : Très bonne idée, je t'attends.

Quand j'arrive, je découvre un Louis différent de celui des jours passés. Il a un pantalon de jogging, un tee-shirt informe, au-dessus duquel il a passé un tablier. Et ses boucles folles lui donnent l'air d'un ado attardé. Je le trouve charmant, limite attendrissant. Il me prend tendrement dans ses bras, ôte mon manteau, qu'il accroche. Et m'invite à entrer.

– La semaine a été crevante, j'espère que tu ne m'en voudras pas si je n'ai aucune envie de sortir ce soir.

– Au contraire, la perspective d'une soirée cocooning avec toi me ravit.

– Viens, j'ai un risotto sur le feu. Je ne voudrais pas qu'il attache. Et niveau cuisson, c'est aussi sensible qu'une femme, plaisante-t-il.

Je lui dirais bien que s'il est aussi tendre avec son risotto qu'avec moi, le plat risque de manquer d'onctueux. Mais je ne vais pas gâcher la soirée. Le Louis dans l'intimité est peut-être différent de l'image qu'il m'a montrée toute la semaine. Je suis venue pour explorer cette piste, alors je vais jouer le jeu jusqu'au bout.

Ça sent terriblement bon. Un homme qui cuisine, je dois reconnaître qu'il marque un bon point.

– Risotto aux crevettes, avec la pointe de crème et de parmesan qui va bien. Tu aimes ?

– J'adore déjà.

– Je me suis servi un verre de vin pour patienter. Tu m'accompagnes ?

Il me tend un verre, et j'accepte d'un hochement de tête. Il sort une bouteille de son réfrigérateur et me verse quelques centilitres d'un blanc sec.

– Tu verras, il va se marier à la perfection avec le plat.

La soirée se passe à merveille. Après un dîner fort goûteux, on s'est installé sur son canapé, dans les bras l'un de l'autre. Et nous avons enfin fait connaissance. Il m'a raconté son parcours, son goût pour la presse et pour la mode. Il ne sait pas encore exactement ce qu'il veut faire dans ce milieu. S'il a commencé par la photo, lui aussi, il aime écrire. Le métier de chroniqueur l'attire. De fait, il est très reconnaissant à Nina de l'embaucher et de le laisser expérimenter avant de se décider. Leur relation est particulière, on a du mal à croire qu'un employeur lambda soit aussi patient et laisse ses employés s'essayer à plusieurs choses, tout en les rémunérant. À en juger l'appartement de Louis, il ne doit pas beaucoup s'inquiéter de ses fins de mois. Mais il se fait discret sur la question de sa famille, ainsi que sur celle de son salaire. Ainsi, je ne sais pas d'où lui vient ce train de vie si confortable. Il parle beaucoup de lui mais s'enquiert aussi de moi, de mes passions, de mes envies. Je suis agréablement surprise.

Il se révèle être un homme bien plus profond que je n'aurais pu imaginer. Je me demande même si ce n'est pas la première fois que je passe un aussi bon moment avec le mec avec qui je sors. Il a en plus une culture photo et cinéma impressionnante et nous bavardons pendant des heures. Il est à mille lieues de ce mec qui m'a prise sauvagement dans les W-C d'une boîte, sans guère se soucier de mon plaisir. Il est attentionné, m'a enveloppée d'un plaid quand il a senti que je frissonnais, et depuis tout à l'heure, il caresse doucement mes cheveux. Venir passer la soirée avec lui est sans nul doute la meilleure idée qui me soit passée par la tête ces derniers jours. Et j'en ai presque oublié la tuile du vol des photos. À ce sujet, je pense que je vais laisser tomber. On dira que ça fait partie des chutes pour apprendre à marcher.

Voilà deux heures que Louis dort. Et je ne parviens pas à trouver le sommeil. La soirée s'est naturellement terminée d'une manière assez attendue. Louis m'a serrée plus fort dans ses bras, embrassée langoureusement et nous avons fait l'amour. Vite. Bien trop vite cette fois encore.

Je pensais pourtant que ce serait à l'image de la soirée presque magique que nous venions de passer. De longs câlins, des corps qui prennent le temps de s'apprivoiser. Il n'en a rien été. Le Louis pressé était de retour, comme s'il avait chassé l'autre, celui avec qui je venais de passer des heures délicieuses. Lequel des deux joue un rôle ? Le Louis des toilettes ou celui du risotto ?

J'ai d'ailleurs trouvé qu'il manquait de naturel, c'est tout juste s'il ne réglait pas l'éclairage. Oui, ça semble absurde de dire cela mais je n'avais plus l'impression que nous étions seuls. C'était étrange. Comme si nous nous étions déconnectés. Il n'y a aucun échange pendant nos relations sexuelles. Il prend mon corps, il prend du plaisir. Mais il ne me donne rien.

Je vais devoir provoquer une discussion sérieuse. Je n'imagine absolument pas avoir une relation suivie avec lui, si nous ne parvenons pas à trouver un point d'accord sur ce terrain-là.

18

Le sommeil a fini par me cueillir quand je pensais que je ne fermerais pas l'œil de la nuit. J'ai du mal à m'endormir à côté de quelqu'un que je ne connais pas. Faire l'amour, ça demande de l'intimité. Mais on est éveillé, on a le contrôle. Alors que dormir, c'est s'abandonner. C'est prendre le risque de se montrer dans ce qu'on a de plus fragile. Alors de façon générale, j'ai du mal à me prêter à cet exercice. Et si on rajoute toutes les choses qui agitent mon petit cerveau, forcément, ça n'aide pas.

Au réveil, ma main a beau chercher, elle ne trouve pas le corps de Louis. J'ouvre un œil et je constate que je suis seule dans son lit. J'en profite pour me saisir de toute la couette et m'y rouler en boule. Ce n'est pas aussi agréable que le corps d'un homme, mais ça tient tout de même chaud. Quelle heure est-il ? Je n'ai aucune idée d'où peut bien se trouver mon téléphone et il n'y a ni pendule ni radio-réveil dans cette chambre. Un rai de lumière passe à travers les persiennes mais ce n'est pas un indice suffisant pour déterminer l'avancée de la journée. Si je veux en savoir plus, il va falloir que je m'arrache au moelleux de ce lit.

Quelques minutes plus tard, je trouve un petit mot de Louis, à côté du petit déjeuner qu'il a gentiment laissé à mon intention. *Tu sembles si fragile quand tu dors. Je suis allé courir. Fais comme chez toi.* Je me fais un café et je profite de cette collation gargantuesque qu'il a mis à ma disposition. Le petit déjeuner semble une étape importante de sa journée. Du pain de seigle, des fruits secs, du miel. Tout pour faire le plein d'énergie.

Le temps s'étire et il n'est toujours pas de retour. J'ai pris une douche, me suis habillée. J'hésite à rentrer chez moi, afin de changer de vêtements. Mais je ne sais pas comment Louis pourrait réagir si je pars sans l'avoir prévenu. Après tout, il n'est pas si tard que ça, je peux l'attendre. Je suis d'ailleurs surprise d'être en si bonne forme malgré la nuit que je viens de passer.

Le PC portable de Louis est sur sa table de salon et je constate qu'il n'est pas verrouillé. Je vais en profiter pour répondre à mes mails en souffrance. Ce sera toujours ça de fait. J'ouvre le navigateur et sans arrière-pensée, je regarde la barre de son navigateur internet. Un nom sexuellement connoté attire mon œil. Eh bien, dans ses favoris ! Je sais que bon nombre de personnes consomment du porno sur Internet. Ce n'est pas quelque chose qui m'attire. Je ne suis pas choquée, mais surprise de voir que l'onglet est là, prêt à cliquer. À quelle fréquence en regarde-t-il ? Cela explique peut-être la manière dont nous avons couché ensemble. J'ai lu un article qui dit que de nombreux jeunes hommes font leur éducation sexuelle via ce genre de vidéos. Et qu'ils pensent que cela représente la sexualité lambda, et non pas une caricature de nos fantasmes.

Par extension, j'imagine que les femmes se prêtent à des pratiques qui ne leur plaisent pas forcément, de peur d'être taxées de coincées ou de frigides.

Ma curiosité est si forte que je clique. Je vais peut-être le regretter mais j'ai très envie de savoir quel genre de vidéos il regarde et ce qui l'émoustille. Le site est bien fait et propose des thématiques. Certaines me font rougir jusqu'aux oreilles. Forcément, à 20 ans, de nombreuses choses me semblent de l'ordre de la science-fiction. Il y a un onglet « mes vidéos ». C'est pratique, on peut même se faire un panier de ce qu'on veut voir et revoir. J'hésite quelques secondes. Je me demande si ce n'est pas m'immiscer trop avant dans son intimité. Et je vais peut-être tomber sur des choses qui vont me mettre mal à l'aise.

Évidemment, je clique. Évidemment, je le regrette aussitôt. Mais pas pour les raisons imaginées. Cet onglet « mes vidéos » est en fait parfaitement nommé... Ce ne sont pas les vidéos qu'il regarde, mais celles qu'il fait et met en ligne.

Et forcément, les deux dernières sont très récentes. Et je reconnais sans peine sa partenaire. Puisque c'est moi. Je suis tellement abasourdie que je ne sais pas ce que je ressens. De la colère, de la honte. Une petite pointe de curiosité aussi. On n'a pas forcément idée de ce à quoi on ressemble dans ces moments-là. Néanmoins, j'aurais aimé que les trois cent quatre-vingt-quatre personnes qui ont maté nos ébats d'hier soir ne le sachent pas non plus.

Je comprends mieux cette sensation de mise en scène que j'éprouve depuis le début. Cette manière étrange qu'il avait de se placer, jamais tout à fait en face de moi, dans l'entrée de son appartement, l'autre soir.

Je découvre les commentaires qu'il y a sous les vidéos. Et là encore, j'aurais mieux fait de m'abstenir. Si ceux dans l'entrée traduisent un réel enthousiasme, ceux sur la vidéo d'hier, nettement moins. Entre les « Tu nous as habitués à mieux » et les « Dis donc, elle a pas l'air inspirée, ta meuf », je manque de m'étrangler.

Je fouine et m'aperçois que les vidéos sont régulières. Je reconnais certaines filles avec qui je l'ai vu échanger ces derniers jours : la mannequin à qui il a rendu sa petite culotte, la fille avec qui il a quitté la boîte le premier soir où nous sommes sortis. Je ne peux m'empêcher de comparer nos corps. Je suis mortifiée. Qui a bien pu voir ces vidéos ? Des gens que je connais ? C'est là que me reviennent les commentaires de Max sur mon aisance des deux côtés de l'objectif. J'ose espérer que le message de mon pote Julien sur ma photogénie ne concernait bien que mon apparition sur l'Instagram d'Inès.

Un bruit de clé dans la serrure. C'est Louis qui rentre. J'ai le réflexe premier de rabattre l'écran de son portable, comme une ado prise en faute. Il pourrait me reprocher d'avoir fouillé dans sa vie privée. Puis je me souviens aussi sec qu'il a exposé la mienne, sans même m'avoir consultée sur le sujet. Il me regarde, voit ce qui tourne à l'écran et se contente d'un « Ah ! Au moins maintenant tu sais » et se dirige vers la salle de bains. Quelques secondes plus tard, j'entends l'eau couler. Une rage épouvantable se met à couler dans mes veines. Je déboule à sa suite et tire le rideau de douche.

– Ah ? C'est tout ce que tu trouves à dire ?

– Je me lave et on en parle si tu veux. C'est bon, y a pas mort d'homme.

Le mec a mis nos étreintes en ligne et tout ce qui lui importe, c'est d'être propre. Je rêve et je vais me réveiller. Voilà l'explication rationnelle à tout cela. Je me disais aussi que j'étais bien trop alerte pour une fille qui avait si peu dormi. Je n'étais juste pas sortie des bras de Morphée. Je me pince pour vérifier. Merde, ça fait mal ! Merde, c'est bien la réalité. Ce type est un mufle !

Il se pointe dans son salon, une simple serviette enroulée autour des reins. Et je ne peux m'empêcher de le trouver torride. Les hommes sont-ils obligés d'être odieux à la hauteur de leur sexytude ? En tout cas, lui, il détient la double palme.

– J'ai l'impression que tu es vraiment fâchée...

– Et tu sembles étonné en plus ! Non, mais tu as balancé mon image sur le Net. Sans me demander mon avis. C'est grave, ça ! Comment as-tu pu faire un truc pareil ?

– Je sais pas. J'ai un côté exhib, c'est vrai. Mais tout le monde fait ça, aujourd'hui.

– Les autres font bien ce qu'ils veulent. Moi je ne veux pas être vue en pleine intimité.

– Pourtant, tu es à ton avantage, non ? Je trouve qu'on forme un super couple.

– Un couple ? C'est une blague... C'est pas ça, un couple, mon pauvre Louis. Un couple, ce sont des gens qui communiquent, qui échangent. Toi, tu as volé mon image et tu l'as mise sur un site de cul. Tu n'es qu'un pauvre connard.

Si j'étais chez moi, je lui balancerais des objets au visage.

Il semble ne pas prendre les choses au sérieux. Il reconnaît qu'il aurait peut-être dû me demander mon autorisation, que ça aurait été plus correct. Pourtant, il trouve que je m'enflamme pour pas grand-chose, que ce ne sont que des corps, que le sexe c'est naturel.

– Je vais les supprimer, si ça peut t'apaiser. Je te promets de ne pas recommencer.

– Je ne pense pas que cela suffise à me calmer, mais tu vas les supprimer, tout de suite. Et aucun risque que ça se reproduise, en tout cas avec moi, car je ne veux plus jamais avoir affaire à toi.

– Anna, tu plaisantes, là ? Entre toi et moi, il y a quelque chose d'incroyable. Je n'avais jamais eu un tel feeling avec une fille.

Je me retiens de lui déballer que la réciproque n'est pas à l'ordre du jour. Tout ce que je veux, c'est qu'il vire les vidéos dans lesquelles j'apparais. Alors j'évite de faire monter le degré de dispute tant que je n'ai pas obtenu la seule chose qui m'importe.

– Louis, retire ces vidéos ! Je te jure que si tu ne le fais pas, je porterai plainte. Et je ne me gênerai pas pour tout révéler à tes autres partenaires.

Il ne semble pas plus alerté que cela par mes menaces. Suis-je la seule à avoir été filmée à mon insu ? Il s'exécute et supprime les deux fichiers dans lesquels j'apparais. Il semble satisfait de lui. Pas moi. Je le menace alors d'aller parler aux filles des autres vidéos.

– Efface aussi celles des filles que tu n'as pas prévenues.

Il hausse les épaules en soupirant. Je l'entends marmonner un « Dans ce cas... » et supprimer carrément son compte.

Il se lève, tente de s'approcher de moi. Je recule, dégoûtée à l'idée qu'il puisse me toucher. Il tend une main hésitante.

– Anna, ça ne va pas se terminer comme ça...

Je ne demande pas mon reste, enfile ma veste et mes chaussures et je sors en claquant la porte derrière moi.

Dans les escaliers, je marque une pause et je ricane douloureusement. Notre histoire aura démarré contre une porte de W-C et se sera conclue sur une suppression de vidéo de cul amateur. Rien que je pourrai raconter à mes enfants plus tard...

19

J'ai mal au crâne d'avoir beaucoup pleuré. Entre les larmes et le manque de sommeil, j'ai beau n'avoir que 20 ans, je ne suis pas vaillante. Heureusement Sarah était disponible et nous avons longuement parlé. Je l'ai sentie encore plus en colère que moi. Elle m'a même proposé des tonnes de plans de vengeance, plus farfelus les uns que les autres. Tout pour essayer de me rendre le sourire.

C'est d'ailleurs un peu étrange, cette retenue avec laquelle j'ai géré mes sentiments chez Louis. Je ne voulais pas exploser devant lui. Tout ce qui m'importait était qu'il supprime les vidéos. Je pense que c'est ce qui m'a permis de garder la tête froide.

Mais ensuite, j'ai été submergée par la honte. Je ressens un profond malaise à l'idée de pouvoir croiser des gens qui m'ont vue dans de telles postures. Sarah n'a eu de cesse de me dire que le seul qui devrait être gêné par son attitude de merde, c'est Louis. Elle a raison mais je suis pétrifiée à l'idée que cela puisse nuire à ma carrière.

Ces dernières heures ont été épouvantables. D'autant que la perte de mes photos m'obsède également. Il y a forcément quelque chose qui m'échappe.

Je me repasse en boucle les images de cette soirée. Je montre les photos à Andréa. Inès arrive, veut les voir aussi. Elle me demande à voir les autres jours. Je sors la carte mémoire et la pose sur la table. Elle regarde les photos, m'en parle. J'oublie tout le reste. Une parfaite diversion !

Elle m'a volé cette carte mémoire. Tout devient clair comme de l'eau de roche. Je n'ai pas été vigilante, je me sentais en confiance. Elle a dû voir l'opportunité de se faire de l'argent facilement. Il est certain que ce ne sont pas les cadeaux et les invitations qu'elle peut recevoir en tant qu'influenceuse qui peuvent lui permettre de vivre. Et elle ne s'est pas cachée de tirer le diable par la queue à la fin de chaque mois. Certes, le silence radio persistant d'Andréa est loin d'être normal, mais je suis désormais persuadée qu'elle est dans le coup. Cela repose davantage sur une intuition que sur des preuves tangibles, mais je sens que j'ai raison.

Je décroche aussitôt mon téléphone. Il ne faut que deux sonneries à Robert pour répondre. Je lui demande un rendez-vous de toute urgence, j'ajoute que je souhaite également la présence d'Henri. Il tente de savoir ce qui se passe, mais j'ai décidé de ne rien lâcher tant que je ne serai pas face à eux. Il est étonné de ma démarche et ma méthode cavalière qui lui donnent l'impression que c'est moi qui les convoque. Jamais le temps pour me rendre dans les bureaux de *Flash* ne m'aura semblé si long. Je sais ce que je vais leur dire, mais j'ignore encore tout de la manière dont je vais pouvoir les convaincre de me croire. J'ai déjà échoué avec Henri, dont le seul intérêt semble d'avoir ces photos, peu importe leur origine.

Je me rends directement dans le bureau de Robert. Henri et lui m'attendent. L'ambiance est tendue. Si Robert s'amuse de la fougue de ma jeunesse, Henri s'impatiente et dit qu'il en a assez de mes débordements de gamine :

– Robert, elle nous fait tourner en bourrique. Mademoiselle travaille quand bon lui chante, rend ses photos quand elle en a le temps. Et maintenant, elle nous fait venir au bureau un dimanche. Même nos photographes attitrés ne se permettraient pas de tels caprices de diva.

Je ne supporte plus ce type et sa manière de parler de moi, comme si je n'étais pas là. Je ne suis certes pas irréprochable, mais je travaille dur.

– Henri, laisse-la au moins parler.

– Merci, Robert. Je voulais vous parler de ces photos sur le défilé d'Andréa Pernace. J'ai déjà essayé de convaincre Henri du mauvais tour qui m'a été joué. Mais il n'a que faire de ma version. Je sais qui est la personne qui vous a vendu les clichés. Elle s'appelle Inès, c'est une influenceuse en vogue.

Je sors mon téléphone de ma poche, me connecte à mon compte Instagram, et leur montre son profil.

– Henri, tu confirmes ?

– Oui, c'est bien cette jeune femme, mais rien ne prouve que ce sont celles d'Anna.

– Ah oui ! Et explique-moi comment elle a pu faire avec un simple téléphone ? Tu sens une quelconque mesure entre ses photos d'amateur et celles que tu lui as achetées ? Non, et tu t'en moques, car ce qui t'intéresse, de toute façon, c'est le résultat. Soit.

Au fond de moi, trop de colère contenue est en train de gronder. J'en viens à me demander si Henri n'a pas tout manigancé pour me faire virer. Comme je suis consciente de manquer de lucidité, je ne m'égare pas dans de telles accusations. L'urgence du jour est de me faire entendre.

Robert reprend la parole :

– Je veux bien te croire, Anna. Mais concrètement, que veux-tu que nous fassions ? Rien sur ces photos ne permet d'identifier formellement le photographe. D'un point de vue légal, c'est ta parole contre la sienne. Je suis plutôt tenté de te croire, mais cela ne change rien à ton problème de fond.

Il n'a pas tort. Mes méninges sont en pleine ébullition. Je dois récupérer le fruit de mon travail. Je dois mettre la main sur cette fille et la forcer à dire la vérité. Mais comment ?

– Et fais attention à ne pas lui donner la possibilité de dire que tu la poursuis et harcèles.

Je jurerais presque qu'il lit dans mes pensées. Je suis coincée... Je suis sur le point de m'avouer vaincue quand une idée me traverse la tête. J'ignore si ça va fonctionner, mais je m'en voudrais de ne pas avoir au moins essayé.

– Je vais trouver une solution, sans que cela ne mette qui que ce soit dans une mauvaise posture. Laissez-moi quelques heures. Soit ça marche, soit tant pis pour moi, j'apprendrai à être plus prudente à l'avenir.

Henri soupire mais je sens que j'ai Robert de mon côté. C'est largement suffisant, j'ai renoncé à la possibilité d'une relation apaisée avec Henri.

J'appelle à la rescousse Sarah et Jérémy. On convient d'un rendez-vous en fin d'après-midi, ce qui va me laisser le temps de laisser retomber la pression et d'organiser mon plan.

Quand on se rejoint à 17 heures, tout est calé. Il ne me reste plus qu'à laisser le piège se refermer sur cette ignoble voleuse.

J'ai épié Inès toute la journée grâce à ses *stories* sur Instagram. Aujourd'hui, c'est très simple de suivre les gens. Inès fait partie de cette catégorie de personne qui partage tout ce qu'elle fait sur les réseaux. C'est ainsi que j'ai vu qu'elle est arrivée avec une heure d'avance à un événement organisé par une marque de make-up. Elle s'est attablée avec un cocktail et un roman pour patienter. Vu le nombre de publications qu'elle met en ligne, on se demande si elle lit ou si cela lui sert seulement d'accessoire. Mais cela arrange plutôt bien mes affaires puisque cela me permet de mettre mon stratagème en place. J'espère que Jérémy et Sarah vont réussir à la berner.

Je me poste dans un bar à proximité et grâce à un logiciel que j'ai téléchargé, je vais pouvoir enregistrer ma conversation téléphonique avec Jérémy. Enfin, pas vraiment dans la mesure où il va juste lancer l'appel pour me permettre d'écouter – et conserver – tout ce qui se dira dans les minutes à venir. En espérant que cela fonctionne.

Normalement, Sarah et lui ont dû s'installer à une table à côté de celle d'Inès et tenter de l'appâter.

Mon téléphone sonne, je décroche et m'efforce surtout de ne faire aucun bruit. Je trouve cette séance d'espionnage très excitante. Leurs voix me parviennent à merveille.

Après quelques banalités échangées, ils se lancent dans le vif du sujet, en parlant suffisamment fort :

– Alors, ce nouveau projet ? demande Sarah.

– Un truc de fou, une nouvelle manière de penser l'intégration des ascenseurs dans les immeubles.

– Woaw, tu dois être complètement excité !

– Je galère, répond Jérémy. Je passe mes nuits dessus, à peaufiner chaque détail. Et le temps passe à une vitesse dingue. Je flippe de ne pas être dans les temps. Et dans ce genre de métier, il faut être rapide. Sinon, quelqu'un a déjà eu une meilleure idée que la tienne.

– Allez, aie confiance en toi ! claironne mon amie. Tu as un talent de dingue !

– Ça suffit pas, tu sais. Il faudrait que je sois un minimum connu dans le milieu de l'architecture. Maintenant, tout se fait par réseau. C'est bientôt plus important que les qualifications.

– Mais tu es suivi sur Insta…

– Ouais, par mes amis, répond Jérémy avec un petit rire. Et c'est pas eux qui vont me faire gagner du fric.

Je me titille le lobe de l'oreille. Le stress est à son comble. Et si elle ne tombait pas dans le piège ? Après tout, on a monté notre plan en pariant sur le fait qu'il serait facile de se jouer d'elle. Mais il y a une grosse part d'inconnue dans tout ce stratagème.

– Excusez-moi, je vais vous paraître indiscrète, mais je n'ai pas pu m'empêcher d'écouter votre conversation.

Bingo, je reconnais parfaitement sa voix.

– Je suis influenceuse sur Insta et si vous voulez des conseils, je serais ravie de vous donner un coup de main, poursuit-elle.

– En effet, vous êtes indiscrète, la pique Sarah.

– Excusez mon amie, elle est du genre agressif. On dit que la curiosité est un vilain défaut. Enchanté, je m'appelle Jérémy. Et la bougonne, c'est Sarah.

Les rôles sont bien distribués, il me tarde de les entendre à l'œuvre. Ils commencent à discuter réseaux sociaux et Inès répond assez brillamment à la salve de questions de Sarah. Pendant ce temps, Jérémy badine, fait de l'humour, met Sarah en boîte.

– Je peux vous aider à vous faire connaître si vous voulez...

– Non, c'est gentil, mais Jérémy aurait besoin de gens déjà bien installés, la coupe Sarah. Et même si vous semblez très dynamique sur les réseaux, je doute que ce soit suffisant. Pardonnez-nous, mais maintenant on va reprendre notre conversation. Sans vous...

Je donnerais cher pour voir la tête d'Inès à ce moment précis. Je l'imagine la bouche ouverte comme un poisson hors de l'eau, ou alors en train de pincer son nez de dépit. C'est maintenant que ça passe ou que ça casse...

– De toute façon, se plaint Jérémy comme s'il ne parlait que pour Sarah, ce projet n'est pas seulement le mien, c'est d'abord l'idée de Lilian.

– Oui, mais tu m'as bien dit qu'il n'a pas envie de faire parler de vous.

– Il pense à l'ancienne. Il dit que si ça doit prendre du temps, eh bien, on attendra.

– Oui, mais de toute évidence, il n'est pas aussi pressé que toi de quitter le cocon familial. S'il ne veut pas accélérer, fais-le dans son dos.

– Je ne vais quand même pas l'éclipser pour arriver à mon but. Je crois que j'aurais du mal à me regarder en face ensuite.

Miss Magouilles n'aura pas mis longtemps avant de revenir à la charge. Et cette fois, ce n'est pas Sarah qui essaiera de l'arrêter.

– Moi, justement, j'en ai du réseau. Je suis suivie par des gens de tous horizons. Dans quelques jours, les photos que j'ai vendues à un magazine seront visibles partout. Et si je peux me permettre, dans la vie, rien n'est inaccessible si on veut se donner la peine de l'attraper. Et ce à n'importe quel prix.

– Vous êtes tenace, ricane Jérémy. Mais tout ça, c'est du boniment.

Et il reprend sa conversation avec Sarah, feignant une nouvelle fois de se désintéresser d'Inès.

– En fait, ce qu'il te faudrait, c'est une sorte d'agent secret.

– Sarah, arrête tes âneries, s'esclaffe Jérémy. On n'est pas au cinéma.

– Je suis sérieuse, rajoute-t-elle. Ton souci, ce n'est pas de tirer la couverture à toi, c'est de ne pas assumer le regard qu'on pourra porter sur toi par la suite. Il suffit donc de trouver quelqu'un qui mettra votre projet en avant, contre votre volonté. Et tu auras l'air d'avoir été autant dépossédé de ce secret que Lilian.

– Ah, ah, ah, et ce genre de personnes... on les dégote sous des verres à cocktails ?

Elle va remonter à l'assaut, je le sens. Gagné ! Inès revient dans la partie.

– Oui, justement, ou la table à côté de la sienne ! Figurez-vous que ces photos, je les ai subtilisées à une jeune photographe. Oh Anna, Anna ! Quelle naïveté ! Mais c'est une fille à papa pistonnée. Ces photos ne vont pas trop lui manquer, alors qu'à moi...

J'oscille entre l'envie de sauter de joie – elle est tombée dans le piège – et celle de l'étriper pour m'avoir ainsi qualifiée. Jérémy feint d'hésiter encore un peu. Sarah le met en garde, prétexte qu'il va être compliqué de lui faire confiance après une telle prouesse. Jérémy demande un temps de réflexion. Inès lui propose un rendez-vous le lendemain.

Mais ce n'est pas Jérémy qui s'y rendra.

20

Je savoure la manière dont les événements sont en train de tourner en ma faveur. Encore une nuit à mal dormir, mais cette fois en raison d'une grande excitation. Je vais rejoindre Inès au rendez-vous qu'elle croit avoir avec Jérémy. Enfin, seulement avec lui. Oui, il sera là et je les rejoindrai quelques minutes après. Il a accepté de rater un cours afin de me soutenir si les choses tournaient mal.

C'est donc dans un café de la cour Saint-Émilion que nous la retrouvons, à proximité de l'école de Jérémy. Ainsi il pourra s'éclipser et prétexter un problème de transport. Mon ami me devance de quelques minutes. Inès arrive quelques minutes après lui. Il s'est placé de telle manière qu'elle ne me verra pas entrer dans le café, histoire de garder intact l'effet de surprise. Je me suis postée devant la boutique d'en face. Grâce à un grand chapeau et des lunettes de soleil, je peux tranquillement feindre de faire du lèche-vitrine, tout en ayant une vue imprenable sur eux.

J'attends que leurs consommations soient sur la table pour faire mon entrée. Mon cœur bat la chamade : même si on l'a correctement ferrée et que je suis en possession de suffisamment de preuves, je dois bien mener ma barque. En effet, on ne peut pas utiliser contre quelqu'un une conversation enregistrée à son insu.

Quand je m'assieds à leur table, je sens son regard incrédule. Quand j'ôte mon chapeau et mes lunettes, je jurerais y lire un éclair de peur.

– Inès, comme on se retrouve ! Des jours que je n'arrive à joindre ni Andréa, ni toi. Sans les réseaux sociaux, j'aurais pu croire qu'il vous était arrivé malheur.

– Oh, comme le monde est petit ! Vous vous connaissez ? ironise Jérémy.

Inès ne trouve rien à dire et nous prenons un malin plaisir à laisser un peu de silence s'installer, afin de la mettre encore plus mal à l'aise qu'elle ne l'est déjà. Quand je la sens bien mûre, je reprends l'assaut.

– Alors, raconte-moi. Tu as le vent en poupe, on dirait. Jérémy m'a raconté que tu avais volé et revendu des photos. Que tu pensais que la popularité était sur le point de frapper à ta porte. C'est étrange, tout de même. Si tu as écouté mes messages sur ton répondeur, tu sais que j'ai perdu ma carte mémoire le soir du défilé d'Andréa. À moins qu'on ne me l'ait volée.

Inès est rouge. Sans doute un mélange de la colère d'avoir été piégée et du stress de savoir ce que va lui coûter d'avoir été démasquée. Mais elle affronte courageusement ce qui vient de lui tomber dessus.

– OK, je suis prise à mon propre piège. Mais c'est votre parole contre la mienne. Et puis Anna, même si ça te semble dégueulasse... tu sais... ça ne l'est pas plus que nos différences sociales. Avec la petite cuillère en argent que tu as dans la bouche, tu n'auras pas grand-peine à passer à autre chose.

– Donc, je mérite d'être volée de mon travail, juste parce que mon père a de l'argent, des connaissances ?

J'ai sans doute haussé le ton car Jérémy pose sa main sur mon bras. Il a raison, je dois rester mesurée.

– Mérité, peut-être pas. Je dis juste que les conséquences seront vite oubliées.

– Je ne vais pas m'étendre sur la difficulté à percer dans un métier, quand tu es jeune et que tu es une femme. Ni sur celle d'avoir l'air crédible, quand, justement, le simple nom de ton père te sert de pass d'entrée. Je te parle juste d'un vol.

– Oui, mais c'est votre parole contre la mienne. Et j'ai suffisamment bien fait les choses pour qu'on ne puisse pas retrouver l'origine des clichés. Et puis, je les ai retravaillés. Donc ils sont aussi un peu les miens.

Quel toupet… je meurs d'envie de la gifler, mais cela n'arrangerait en rien mes affaires. Alors, je me contente de sortir mon téléphone de mon sac, tout en affichant un petit sourire que j'espère le plus sadique possible. Mon doigt glisse deux fois sur l'écran, je sélectionne la bonne application et je lance un petit passage que j'ai sélectionné pour l'occasion. Commence à retentir en boucle une des phrases qu'elle a prononcées hier : « Pas du tout, figurez-vous que ces photos, je les ai subtilisées à une jeune photographe. Oh Anna, Anna ! Quelle naïveté ! » Je pense lui avoir fait perdre toute son assurance d'un coup. Son teint vire de nouveau au rouge et elle fait craquer ses doigts l'un après l'autre.

– Quelque chose à ajouter ?

– Non, répond-elle, contrite. J'imagine que je suis dans la merde, maintenant.

– Moi, ce que je veux, c'est récupérer mon travail. Pour le reste, il y a plusieurs façons de régler cette histoire.

Inès me révèle alors qu'Andréa est son mec. Ils ont monté une arnaque ensemble afin de faire croire que c'était un créateur sur le point de percer. Tout est faux : de son nom – volontairement choisi pour sonner comme Versace – aux produits mis en avant. Ce ne sont que de vulgaires pièces achetées sur un marché et relookées par Inès, qui touche sa bille en couture. Ils ont œuvré en silence plusieurs mois. Elle pour se faire une place sur les réseaux, lui attisant la curiosité autour d'une carrière de styliste inventée de toutes pièces. Leur motivation ? L'argent, avant tout.

Ils ont réussi à convaincre de jeunes mannequins de défiler gracieusement, et même obtenu d'occuper gratuitement le lieu du défilé, en persuadant leur hôte que ça lui ferait un énorme coup de pub. Il ne leur manquait qu'une photographe suffisamment douée et naïve... Apparemment, ils m'ont entendue dire que j'étais stagiaire, le premier jour, ont fait quelques recherches sur Google à mon sujet. Et c'est ainsi que dès le mardi, Inès a tendu son piège – enfin sa bretelle de sac, afin de me faire trébucher et créer un contact. Et la suite, on la connaît. Je fais le lien avec la prétendue histoire de son mec... également du signe du Taureau. Je n'ai en effet rien vu venir. J'apprends qu'ils galèrent tous les deux depuis quelques mois. Il a perdu son job de commercial et ne parvient pas à en retrouver. Surdiplômé mais sous-qualifié : le plus gros souci quand tu rentres dans la vie active et qu'on te demande malgré tout d'avoir de l'expérience.

– Rajoute à cela que nous venons d'apprendre que je suis enceinte... on a été tentés par l'attrait du fric facile.

Je tente de placer quelques mots, mais elle ne m'en laisse pas l'occasion.

– Oui, je sais ce que tu vas me dire... ça ne justifie pas d'arnaquer quelqu'un dont ce n'est pas la faute. On a failli renoncer, on avait mauvaise conscience...

– Pas si mauvaise, la coupé-je brutalement. Tu n'as pas résisté à l'envie de proposer tes services à Jérémy.

Je n'ai pas envie de continuer cette discussion, ni de chercher à démêler le faux du vrai de leurs intentions.

Elle passe un coup de téléphone assez rapide à Andréa. À l'issue de celui-ci, elle me dit que pour compenser le préjudice, Andréa est d'accord pour lui confier tous les détails de leur arnaque. Ainsi, j'aurai un reportage complet à apporter à mon boss sur le faux couturier de la Fashion Week.

J'ai écourté ce rendez-vous pour me rendre chez *Flash*. Henri et Bob sont ravis de la tournure qu'ont prise les événements. Pile quand la Fashion Week s'achève. Grâce à tout ce matériau, le magazine va pouvoir réaliser un article du tonnerre. Et les photos risquent de bien se vendre ensuite. Tout le monde voudra avoir un mot à dire sur cette histoire et j'ai suffisamment de clichés pour qu'ils en cèdent de très bons, tout en gardant les meilleurs pour eux.

Henri me félicite et m'annonce que j'ai brillamment franchi les obstacles que j'ai pu rencontrer. « J'aime sincèrement ce qui se dégage de tes images, Anna. Tu as encore beaucoup à apprendre, mais je sens ton potentiel. Je te laisse la journée pour décompresser. Passe me voir mercredi, j'ai déjà une idée du prochain reportage que je vais te confier. » Henri n'a donc pas cherché à me virer. C'est seulement un homme dur et exigeant, qui a voulu tester mes capacités, aussi bien techniques qu'humaines. « Tu feras autre chose que des photos de mode, Anna. C'est évident. Alors t'aider à t'endurcir, c'est te rendre service. »

Quand je sors des bureaux de *Flash*, je constate que j'ai reçu un appel de Nina Knox. Elle m'a laissé un message. Elle a appris ma rupture avec Louis et souhaite qu'on déjeune ensemble, pour en parler. La Fashion Week terminée, elle doit avoir davantage de temps libre.

J'hésite à refuser... je n'ai rien à dire à cette femme, et j'ai encore moins envie de l'entendre se vanter d'avoir eu raison. Je peux aussi feindre n'avoir vu son message que beaucoup plus tard. Mais cela ne ferait que repousser le problème. Et vu sa place dans le milieu de la mode et du journalisme, il serait peu judicieux d'esquiver.

Je l'appelle pour accepter. Elle me fixe rendez-vous le lendemain dans une brasserie du quartier. Ce jour de repos accordé par Henri tombe à merveille.

21

Je suis contente que cette éprouvante semaine soit derrière moi. J'ai dû soigner mon maquillage ce matin car je me trouvais les traits tirés.

Quand Nina arrive, je la trouve pour sa part aussi solaire que la semaine passée. C'est typiquement le genre de femme mûre qui fait que l'on cesse d'avoir peur que les années passent.

– Anna, c'est gentil à toi d'avoir accepté de m'accorder du temps, dit-elle en s'asseyant en face de moi.

– J'avoue avoir trouvé étrange que la boss de mon ex-petit ami, si tant est que je puisse l'appeler ainsi, me propose de parler de notre rupture.

– Anna, il faut que je te confie quelque chose...

Nous y voilà... elle va m'avouer leur liaison... je trouve cette situation gênante au plus haut point.

– Louis est mon fils.

Je manque de recracher la gorgée de vin que j'étais en train de boire.

– Eh bien, je n'imaginais pas que cela te ferait un tel effet.

Forcément, je m'attendais à une confidence en mode cougar. Du coup, je me sens dotée d'autant de talent d'investigation que l'Inspecteur Gadget... Cela dit, je trouve toujours aussi étrange qu'une mère veuille parler rupture avec une jeune femme qui n'a fréquenté son fils que quelques jours.

– Désolée pour ma réaction, je ne m'y attendais pas du tout. Je me demandais bien ce qui expliquait la grande complicité entre vous. Mais il ne me semble pas qu'aucun de vous deux l'ait mentionné.

J'en suis même certaine...

– Non, on évite le sujet au maximum. Et comme nous ne portons pas le même nom, cela passe assez souvent inaperçu. Ainsi, on s'évite des réflexions sur le fait que je lui laisse faire un peu ce qu'il veut. Ce n'est pas facile d'être l'enfant de quelqu'un d'influent. Si c'est plus simple de dégoter une bonne place, ça demande de se montrer deux fois plus à la hauteur.

Oui, ça, je le comprends parfaitement. Et je dois reconnaître qu'Henri a eu raison de me mettre à l'épreuve, cela m'a forcée à être plus exigeante avec moi-même.

– J'ai trop gâté Louis. Je l'élève seule, il connaît à peine son père. Je ne veux pas lui trouver des excuses, juste t'expliquer. Je sais qu'il collectionne les conquêtes et qu'il ne se comporte pas toujours très bien.

– Avec tout le respect que je vous dois, c'est un doux euphémisme. Je dirais plutôt que je n'ai jamais rencontré quelqu'un d'aussi tordu que Louis.

– J'ose espérer que c'est surtout parce que tu es jeune, soupire Nina. Et que tu n'as pas encore croisé la route de nombreux hommes. Je suis triste car il n'a pas du tout été élevé dans le mépris des femmes. Bien au contraire.

Je ne vais pas lui dire pour les vidéos, ce n'est pas mon rôle. Mais si un jour elle l'apprend, elle va tomber de haut. C'est vrai que derrière chaque connard, il y a une mère, et donc une femme. Et on se demande souvent ce qui a dysfonctionné.

– Mais Anna, ce n'est pas de Louis, en fait, que je voulais te parler. Notre histoire commune remonte à quelques années. Mais tu étais trop petite pour t'en souvenir. Ta mère et moi étions amies.

Woaw, je n'étais pas préparée à parler de ma mère. C'est un sujet délicat et si je n'ai de cesse de vouloir en savoir davantage à son sujet, je n'aime pas ne pas avoir pu me préparer à cela. Risquer de pleurer devant cette femme me déplaît.

– Je l'aimais beaucoup et c'est très difficile de parler avec toi. J'imagine qu'on te l'a déjà dit mais tu es son portrait craché.

– Oui, on me le dit... trop sans doute, confié-je dans un murmure. Mais j'imagine que vous ne m'avez pas conviée à déjeuner pour me dire cela.

– Non, tu as raison. Mais ce n'est pas facile à dire. Et j'ai peur que toi aussi, tu me prennes pour une folle.

Comment ça, moi aussi ? Cette femme est sortie de nulle part il y a quelques jours, et en quelques minutes, elle se trouve être la mère de mon ex et une amie proche de ma mère.

– Je vous écoute, Nina.

– Quand j'ai appris le décès de ta mère, j'ai voulu me rendre à ses obsèques. J'ai appelé ton père pour connaître les modalités des funérailles, afin de pouvoir réserver un vol. Il s'est montré très évasif, essayant de dissuader quiconque de venir jusqu'à Verona. Il disait que c'était beaucoup de trajet, de fatigue, de dépense. Qu'il savait que chacun serait présent, rien que par la pensée. Il a tout verrouillé, Anna. Personne n'est allé aux funérailles.

– Comment ça, personne ?

– Non, on a fini par comprendre qu'au moment où ton père nous a annoncé son décès, ta mère avait déjà été inhumée.

Je reste sous le choc. J'ai volontairement relégué cette partie de ma vie au plus profond de ma mémoire. Les médecins ont parlé de choc traumatique, d'amnésie partielle. Il paraît que cela peut se produire quand un individu reçoit une information trop lourde à traiter, ou à encaisser. Parfois, les souvenirs ressurgissent. Après un laps de temps plus ou moins long. Mais il arrive également que les souvenirs restent piégés à jamais dans les méandres du cerveau.

– Anna, je garde le sentiment que ton père nous a caché quelque chose. Qui était présent aux funérailles ?

Je n'en sais rien, j'ai beau fouiller dans mes souvenirs, peu de choses me reviennent. Seule l'image d'un cercueil. Blanc. Cette impression de le suivre en tenant la main de mon père. Mais rien autour. Je me contente d'expliquer tout cela à Nina en quelques mots. Je sens qu'elle est déçue et que cela ne vient pas calmer ses suppositions les plus folles. Elle rajoute quelque chose qui m'ébranle jusqu'au plus profond de mon être :

– De nombreuses personnes ont besoin de voir un corps, ou de suivre un cercueil, pour pouvoir faire leur deuil. Depuis toutes ces années, je n'arrive pas à ressentir le décès de ta mère. C'est comme si j'attendais qu'elle passe cette porte et m'annonce qu'elle est revenue.

Il faut que je parle à mon père. Même si je pense que Nina en fait des caisses, je veux me souvenir. Il est temps. Je veux qu'il me parle de l'accident, de la manière dont on nous a annoncé sa mort. Je veux qu'il m'aide à compléter cette vague impression de nous deux suivant le cercueil. J'avais 10 ans, je dois pouvoir récupérer ce que ma mémoire retient en otage. On dit que l'hypnose fait des merveilles. Je suis prête et je veux savoir.

Je fais un saut chez lui, mais il n'est pas là. Je l'appelle, tombe sur sa boîte vocale, sur laquelle je laisse un message confus. Je m'assieds sur un banc, hagarde. Je suis moralement épuisée par tous ces rebondissements. J'aimerais juste que quelqu'un me serre dans ses bras.

Mon téléphone sonne. Mon père.

– Anna, que se passe-t-il ? Le message que tu m'as laissé est limite incompréhensible.

– Papa, maman est vraiment morte ?

Le silence qui me répond à l'autre bout du fil indique que ma question l'a cueilli à froid.

– Papa ?

– Anna, voyons, mais qu'est-ce que tu racontes ? Je sais qu'on t'a caché ta vraie histoire, ton adoption... mais où diable as-tu bien pu pêcher une histoire pareille ?

– Je sors d'un déjeuner avec Nina Knox et...

– Bon sang !

–... et elle m'a raconté que tu as évincé tout le monde des funérailles. Et je m'aperçois que je n'ai qu'un vague souvenir de ce jour-là. Je ne me souviens de personne d'autre que de toi et moi. On était seuls, papa ? Personne n'est venu ?

Le silence encore. Je sens qu'il cherche sa réponse, qu'il hésite. Que me cache-t-il ?

– Écoute, je me suis éclipsé d'une réunion très importante. Je ne peux pas prolonger notre conversation. On ne s'est pas vus depuis trop longtemps, alors reparlons de tout ça autour d'un thé à la Grande Mosquée. Mais chérie, je t'assure qu'il n'y a rien de mystérieux derrière la disparition de ta mère. C'est une histoire tout ce qu'il y a de plus tragique, rien de plus.

Après qu'il a raccroché, le mot « disparition » tinte dans mon oreille. Je sais qu'il est un synonyme, plus doux à prononcer que « mort ». On dit même souvent d'une personne décédée qu'elle est partie. Mais quelque chose sonne faux. La fatigue me rend peut-être parano, mais une petite voix dans ma tête me crie que mon père me cache quelque chose.

Le Gémeaux et sa compatibilité amoureuse avec les autres signes (tableau, avec de 1 à 4 cœurs selon la compatibilité)

	Bélier	Taureau	Gémeaux	Cancer	Lion	Vierge
Gémeaux	♥	♥♥♥	♥	♥♥♥♥	♥♥♥	♥♥

	Balance	Scorpion	Sagittaire	Capricorne	Verseau	Poissons
Gémeaux	♥♥♥♥	♥♥	♥	♥♥	♥	♥♥♥

Comme Anna, expérimentez votre compatibilité amoureuse avec les autres signes et consignez ici le résultat (tableau à remplir, avec de 1 à 4 cœurs selon la compatibilité)

	Bélier	Taureau	Gémeaux	Cancer	Lion	Vierge
(votre signe)						

	Balance	Scorpion	Sagittaire	Capricorne	Verseau	Poissons
(votre signe)						

À PARAÎTRE
CHEZ FRENCH PULP ÉDITIONS

COLLECTION LES FÉROCES

Aurore ou la gueule du loup, Marie Vindy, mars 2019

Docteur Henry, Stéphane Bourgoin, mai 2019

The green river killer, Stéphane Bourgoin, mai 2019

COLLECTION GRANDS ROMANS

Tous pour elle, Laurent Malot, mars 2019

COLLECTION POLAR

L'important n'est pas la chute, Guillaume Ramezi, mars 2019

Clémence Sénile, Jean-Charles Fauques, juin 2019

COLLECTION LES NOUVELLES AVENTURES DE NESTOR BURMA

Les carats de l'Opéra, Jacques Saussey, mai 2019

FRENCH PULP ÉDITIONS
NOTRE IDENTITÉ

Qu'est-ce que French Pulp ?

Pulp, comme ces feuilletons d'autrefois, ces romans qui depuis des siècles remplissent notre imaginaire de détectives durs à cuire, de femmes fatales et d'espions nonchalants, de héros familiers. Du roman noir à la saga familiale en passant par le space opera, ils ont donné naissance à une littérature dynamique et généreuse, qui fait aujourd'hui le bonheur de tous grâce à des textes fluides et percutants.

French, car il existe une école française de cette littérature. Populaire, addictif, son patrimoine mérite d'être défendu et son avenir renouvelé. C'est la mission que se donne French Pulp, qui publie à la fois des œuvres cultes de la littérature française dite *de gare* (G.-J. Arnaud, André Lay, Francis Ryck...), mais aussi de nouveaux auteurs, uniquement francophones, amenés à renouveler un genre habitué aux succès.

Mais pourquoi un nom anglais ?

Un nom anglais pour une maison qui défend la langue française, est-ce bien raisonnable ? La meilleure défense n'est-elle pas l'attaque ? Pour défendre notre langue et diffuser nos auteurs à l'étranger, ce nom en forme de clin d'œil annonce la couleur : tremblez, thriller, best-seller et autres *feel-good books* ! Chez French Pulp, tous nos auteurs ont vocation à être traduits et diffusés dans le monde entier afin de faire rayonner notre culture populaire.

Une maison d'édition engagée

Ces livres que vous lisez debout dans le métro, que vous ne pouvez pas lâcher le soir avant de vous endormir, qui résistent au soleil et à la plage, vous n'êtes pas les seuls à les dévorer : chaque mois, nos nouveautés seront parrainées, à travers un avant-propos, par des personnalités elles aussi subjuguées par le suspens, le merveilleux ou encore la modernité de ces histoires. Et comme chez French Pulp nous croyons dans l'engagement, à cette nouvelle société participative qui s'ouvre à nous, pour chacun des coups de cœur de nos personnalités, une partie des bénéfices tirés de l'ouvrage ira directement à l'association de leur choix.

Direction
Nathalie Carpentier

CHEZ FRENCH PULP ÉDITIONS

Collection Les Féroces

Joinovici. L'empire souterrain du chiffonnier milliardaire, Henry Sergg, 2016
Weidmann. Le tueur aux yeux de velours, Philippe Randa, 2017
L'Affaire Pauline Dubuisson, Serge Jacquemard, 2017
Mata Hari. La dernière danse de l'espionne, Philippe Collas, 2017
L'affaire Rose Keller, Ludovic Miserole, 2018
Rosalie Lamorlière, celle qui accompagna Marie-Antoinette à l'échafaud, Ludovic Miserole, 2018
Zamor, le nègre républicain, Ludovic Miserole, 2018

Collection Grands romans

Les Conquérantes, Tome 1 : Les Chaînes (1890-1930), Alain Leblanc, 2016
Les Brumes de Grandville, Tome 1 : Monotropa Uniflora, Gwendoline Finaz de Villaine, 2017
Les Brumes de Grandville, Tome 2 : Les Folies de Paris, Gwendoline Finaz de Villaine, 2017
Les Brumes de Grandville, Tome 3 : Le Seigneur de Venise, Gwendoline Finaz de Villaine, 2017
Les Conquérantes, Tome 2 : La Résistance (1930-1960), Alain Leblanc, 2017
Souffles coupés, Nataly Bréda, 2017
L'île du Lundi, Collas-Villedary, 2018
Les années cristal, Stéphane Nolhart, 2018
Tout le bonheur du monde, Frédéric Mars, 2018

CHEZ FRENCH PULP ÉDITIONS

Collection Anticipation

Qui suis-je ?, Peter Randa, 2016
La Compagnie des glaces, Tomes 1-2, G.-J. Arnaud, 2016
La Compagnie des glaces, Tomes 3-4, G.-J. Arnaud, 2017
La Compagnie des glaces, Tomes 5-6, G.-J. Arnaud, 2017
La Compagnie des glaces, Tomes 7-8, G.-J. Arnaud, 2017
La Compagnie des glaces, Tomes 9-10, G.-J. Arnaud, 2017
La Compagnie des glaces, Tomes 11-12, G.-J. Arnaud, 2017
Génération clash (Trilogie Chris le Prez, Tome 1), G.-M. Dumoulin, 2017
Intervention flash (Trilogie Chris le Prez, Tome 2), G.-M. Dumoulin, 2017
Évolution crash (Trilogie Chris le Prez, Tome 3), G.-M. Dumoulin, 2017
La Compagnie des glaces, Tomes 13-14, G.-J. Arnaud, 2018
La Compagnie des glaces, Tomes 15-16, G.-J. Arnaud, 2018
Les hommes sans futur, Pierre Pelot, 2018
Journal d'un marchand de rêves, Anthelme Hauchecorne, 2018
Saison de Rouille, Pierre Pelot, février 2019

Collection Espionnage

Drôle de pistolet, Francis Ryck, 2017
Ashram drame, Francis Ryck, 2017
Derniers jours à Alep, Guillaume Ramezi, 2018.
Nous étions une frontière, Patrick de Friberg, 2017
Dossier Wasselot, Marc Welinski, 2018
Alix Karol, Tomes 1-2, Patrice Dard, 2018
Le codex des espions, Patrick de Friberg, 2018

CHEZ FRENCH PULP ÉDITIONS

Collection Polar

Paris va mourir, Francis Ryck, 2016
Le Géant, Michel Lebrun, 2016
Colère noire, Jacques Saussey, 2017
De sinistre mémoire, Jacques Saussey, 2017
Du rififi à New-York, Auguste le Breton, 2017
Le Gang des honnêtes gens, Pierre Nemours, 2017
Bronx. La petite morgue, Laurent Guillaume, 2017
Une femme de ménage, Jérémy Bouquin, 2017
Le Doulos, Pierre Lesou, 2017
Les Enlisés, André Lay, 2017
La Seine est pleine de revolvers, Jean-Pierre Ferrière, 2017
Privé d'origine, Jérémy Bouquin, 2017
Les gens sérieux ne se marient pas à Vegas, Serguei Dounovetz, 2017
Le Maître des émotions, Christian Cornu, 2018
Les enquêtes de Jean de la fontaine, Philippe Collas, 2018
Un Havre de paix, Stanislas Petrosky, 2018
Sous terre personne ne vous entend crier, Gilbert Gallerne, 2018
La mutualisation du crime, Jean-Marc Pitte, 2018
La maison des pendus, Jean-Paul Nozière, 2018
Enfermé.e, Jacques Saussey, 2018
Requiem pour un fou, Stanislas Petrosky, 2018
Noël au chaud, G.-J. Arnaud, 2018
Une Secrétaire, Jérémy Bouquin, 2018
Mauvaise main, Gilbert Gallerne, janvier 2019
Nycta, Delacorta, janvier 2019

CHEZ FRENCH PULP ÉDITIONS

Collection Angoisse

Frankenstein, Tomes 1-2 : La Tour de Frankenstein, Le Pas de Frankenstein, Benoit Becker (Jean-Claude Carrière), 2017
Frankenstein, Tomes 3-4 : La Nuit de Frankenstein, Le Sceau de Frankenstein, Benoit Becker (Jean-Claude Carrière), 2017
Frankenstein, Tomes 5-6 : Frankenstein rôde, La Cave de Frankenstein, Benoit Becker (Jean-Claude Carrière), 2017
Parodie à la mort, Peter Randa, 2017

Collection Nouvelles enquêtes de Nestor Burma

Les Loups de Belleville, Serguei Dounovetz, 2018
Terminus Nord, Jérôme Leroy, 2018
Les belles de Grenelle, Michel Quint, 2018
Crime dans les Marolles, Nadine Monfils, février 2019

Collection Atout cœur

Série Sign of Love :
Sign of love #1 Taureau, Emma Mars, novembre 2018
Sign of Love, #2 Gémeaux, Emma Mars, février 2019

Retrouvez French Pulp éditions en ligne :
www.frenchpulpeditions.fr

Et sur les réseaux sociaux :

www.facebook.com/frenchpulpeditions
www.twitter.com/frenchpulp
www.instagram.com/frenchpulpeditions

Composition et mise en page
Nord Compo à Villeneuve-d'Ascq

Imprimé en France